ROSETTA LOY

La porta dell'acqua

BIBLIOTECA UNIVERSALE RIZZOLI

Proprietà letteraria riservata
© 2000 RCS Libri S.p.A., Milano

ISBN 88-17-12618-7

prima edizione BUR La Scala: maggio 2001

"Ni la mano más pequeña
quiebra la puerta del agua."

F. García Lorca

I

Lo stridio del tram che abbordava la curva apriva una prima fessura sul giorno. Il tram gracidava a lungo, agonizzante, lo strazio delle rotaie si ripercuoteva tra i vetri chiusi negli scuri laccati di bianco. Poi il tram si perdeva caracollando lungo via Flaminia e la maniglia della finestra bruna e ovale restava come un grosso insetto aggrappato a quella linea verticale di luce.

Una maniglia che tante volte stringevo in pugno con indifferenza, insignificante maniglia. Ma da lì e solo da lì si dipartiva la materia che non trovava riscontro in nessuna realtà. Potevo solo aspettarla e favorirla in una immobile concentrazione; e solo nel primo barlume solitario del mattino mi veniva accordata, quando lo sbattere di una porta, una voce o dei passi lungo il corridoio, erano dei rumori inafferrabili quasi io vivessi ancora una vita diversa. Una materia tenera e felice che lievitava senza fatica. La vedevo e la sentivo a occhi chiusi in una unica sensazione: asciutta come il mercurio, ma morbida, aderente. Lei immensa io piccola, lei senza peso. Avanzava verso di me in un crescendo che aveva del sublime. Mi copriva, mi inglobava senza lasciare vuoti o spiragli.

Era una felicità senza concessioni. Ma un gioco difficile, da non tentare troppo spesso. Bastava un'inezia, sbattere gli occhi, grattarsi, e subito spariva risucchiata nel nulla. Tentavo allora di ricreare la situazione iniziale e stavo immobile, le bacchette di ottone del letto che luccicavano appena. Ma la sua appartenenza al piano dell'assoluto, la stessa che mi dava la felicità, non me la concedeva due volte. Era l'occasione perduta, la moglie di Lot che si voltava e diventava una statua di sale.

Restavo allora inerte sul materasso, le coperte disfatte dal sonno, e nello specchio sopra al comò comparivano riflesse le bambole che pencolavano giù le teste arruffate e spettrali. Dal piccolo rosone di stucco pendeva il lume dove si profilava il bambino a cavalcioni del cavallo a dondolo. Il braccio tozzo levava alta la frusta e la mano pallida e bolsa esprimeva una prepotenza crudele mentre il cavallo abbassava la testa, gli occhi folli, la pera della lampadina che sbucava dalla coda di legno. Era lui, quel bambino, il mio avversario subdolo e prevaricante, ottuso, sospeso nel vuoto con quel suo stolto sorriso di violento; e per il cavallo stretto dalle sue ginocchia non potevo far altro che esecrare ogni pezzettino del suo ignobile cavaliere. Poi a poco a poco l'armadio e le seggioline azzurre uscivano dalla penombra e spigoli e serrature tornavano a essere se stessi. Li guardavo e li riconoscevo nella luce che lentamente li prosciugava dall'oceano notturno per restituirmeli ancora umidi ma già odiosi e familiari, desiderati e detestati.

Anne Marie entrava e nello scorrere fragoroso delle persiane sui binari di ferro la giornata si apriva su un grigiore incerto di palazzi. Mi mettevo in piedi sul letto e lei mi allacciava veloce le mutandine al corpetto di cotone: le dita erano fredde, freddo il viso appena lavato mentre lo sguardo affiorava all'orlo delle palpebre remoto e torpido quasi tolta via la pelle del sonno, Anne Marie non avesse fatto ancora in tempo a indossare la sua abituale.

Il caffellatte fumava, nel rimestare del cucchiaino la panna si attaccava come una pelle viscida, vizza. Nell'appartamento di fronte la cameriera sbatteva la scopa sul davanzale. Richiamata a galla dal lungo girare, una sabbia scura d'orzo saliva alla superficie della tazza. Bevi, svelta! diceva Anne Marie, e intanto disfaceva il letto come se fossi già uscita, il suo grande corpo lavato e risciacquato che diradava nel vortice delle lenzuola ogni superstite languore di sonno. Quando si chinava, al di sopra degli elastici arrotolati a trattenere le calze, vedevo la carne delle sue cosce: una guaina tesa e lucente appena soffusa dai raggi azzurri delle vene.

Tutto partiva da quel caffellatte ingoiato d'un fiato. «Le train.» «Le garçon.» «La cuillèèère...»

Madre Gregoria con un cuore trafitto ricamato sul petto protendeva le labbra nel tondo del viso mentre la scatola delle figurine navigava nel suo grembo pieno di anfratti. I passeri beccavano tra la ghiaia, il caffellatte mulinava nei visceri, dolorosamente rifluiva in una inesausta risacca. Il pallore invernale dei muri, le ginocchia nude, gelate. «La...? La...?» Guardavo la figurina sorretta dalle sue mani paffute: la pentola in ebollizione aveva occhi e bocca. *Il diavolo fa le pentole ma non i coperchi*, forse quel sorriso sghembo era proprio del diavolo. Ammiccante, falsamente cordiale. La cintura del grembiule mi stringeva in vita, la slacciavo guardandola penzolare in terra. Oltre la vetrata grandi nuvoloni neri si disfacevano sulle curve dolci e spelate della campagna romana. Qualche pino isolato e il trenino che saettava tra le anse del Tevere. Nello sforzo di trattenermi irrigidivo le gambe, mi faceva male il cuore.

Più tardi seduta sul muretto in giardino coprivo con la gonna le ginocchia intirizzite. «Perché non corri?» Dalla porta semiaperta la tazza di porcellana riluceva di un candore cereuleo e l'acqua colava giù in un fiotto sommesso e ostinato. Ma l'importante era resistere ancora e ancora fino a scorgere il blu del feltro di Anne Marie, quella vela di conforto pronta a salpare per il gabinetto di casa. Un sole biancastro scivolava sulla ghiaia, sui petali degli iris fragili e viola: «Perché non corri?». Restavo immobile, la porta del piccolo cesso che sbatteva a tratti facendo tremare il sottile strato di compensato.

Il tracollo era stato improvviso. Le dita che non riuscivano a slacciare i bottoni delle mutandine tremavano adesso per l'impazienza; flautata e lontana, acuta, arrivava la voce di Madre Gregoria che distribuiva la cotognata della merenda. Poi ogni legame si era sciolto con gli indumenti e con il mondo a cui quegli indumenti appartenevano. Avevo chiuso gli occhi abbandonandomi alla mia felicità precaria e esaltante: era come il primo respiro dopo una lunga immersione.

Quando avevo sollevato le palpebre un lindore di varecchina mi illividiva le gambe imprigionate nelle mutandine. Dio, e adesso? Del sole di fuori era rimasto solo uno spicchio nell'angolo in alto, nessuno chiamava più e dal vasistas aperto l'aria pungeva le vertebre nude della schiena incollata alla porcellana, le mani aggrappate al bordo della tazza per non cadere giù. «Madre Gregoriaaa!... Madre Grego-riaaa!...» avevo urlato rattrappita dal freddo. Il silenzio mi circondava, disinfettato, claustrale, mi raggelava nella desolata visione dei miei piedi sospesi sul pavimento. Avevo gridato di nuovo: ma alla fine, dal battente semiaperto, invece di Madre Gregoria, avevo visto venire verso di me Madre Cecilia con la gonna fluttuante sul grigio della ghiaia. E una volta entrata si era richiusa la porta alle spalle. Inesperta, impacciata dall'ampiezza delle maniche, si era messa ad annaspare con la carta igienica dietro alla mia schiena mentre tra le gote, tanto vicine da avvertirne la sostanza porosa, il fiato mi alitava sul viso incalzato dall'affanno. Mi chiedeva se mi sentivo male; ma dalla gola irrigidita non mi usciva alcun suono. All'ombra della peluria sottile del labbro si era allora pietosamente composto un sorriso: Madre Cecilia era soddisfatta dell'umile bisogna che l'avvicinava a Cristo e ai derelitti.

Meglio il mal di pancia. Meglio i crampi che mi restituivano ad Anne Marie stremata ma non offesa. La intravedevo nel vestibolo fra uno stuolo di domestiche con i grembiuli debordanti dai paltò, visi informi e banali tra cui lei spiccava con lo splendore del pavone. Ero in salvo; sui sedili di panno dell'Astura mi lasciavo andare scomposta, il paltò sbottonato. La porta mimetizzata nella carta da parati del corridoio di casa si apriva con uno scatto e attraverso il vetro smerigliato della finestra la sagoma familiare dell'ascensore saliva gemendo, Anne Marie si chinava su di me a slacciarmi le mutandine e per un attimo potevo scorgere la sua nuca dove una frangia lieve di capelli nati e cresciuti nel segreto delle trecce sfumava nella peluria bionda del collo. Chiamami quando hai finito, diceva. *Rufe mich wenn du fertig bist*, magica formula che insieme al suo passo rassicurante lungo il corridoio rimetteva ordine nelle funzioni corporali.

«Lo tagliano, lo tagliano con le forbici?» chiedevo. «Ja, mit der Schere» rispondeva scandendo le sillabe «Sage: die Schere...» «Die Schere» rispondevo docile guardando nell'appartamento di fronte il neonato sommerso da una cascata di pizzi. Le forbici: Letizia in cucina tagliava le interiora del pollo cavandole fuori con una mano inguantata di sangue viscido, scuro. Anne Marie guardava anche lei e il chiarore di palazzi e nuvole le impallidiva il viso levato, assorto nella contemplazione di quanto avveniva nell'appartamento di fronte mentre i ferri da calza continuavano a intrecciare le maglie, mossi dalle sue dita gonfie di vecchi geloni come sono forse le dita degli intagliatori del legno.

"Schere, Gabel, Messer, Licht / sind für kleine Kinder nicht" diceva il proverbio tedesco che metteva in guardia i bambini dall'uso, oltre che delle forbici, anche di luce, coltelli e forchette. Io non riuscivo a distogliere lo sguardo da quella casa dove tutte le luci erano accese e sulla tavola apparecchiata il cristallo riverberava i riflessi di una tappezzeria setosa e vermiglia. Dei bambini vestiti a festa si aggrappavano al braccio della giovane donna che sorreggeva il portenfant e la donna si abbassava a mostrare qualcosa di informe che agitava le manine con il tremolio iroso dei vecchi. Strillava quel neonato ma io non potevo sentire i suoi strilli, potevo solo vederli. La collana della donna oscillava sfiorando i merletti del port-enfant e lei sorrideva, per niente spaventata dal sangue.

Ma dalla mia stanza spiavo invano la cruenta cerimonia, questa doveva avvenire al di là, negli invisibili corridoi di quella casa in apparenza tanto simile alla nostra. E nessuno sembrava preoccuparsene o dolersene, tutti presi dai cerimoniali della festa: versare la cioccolata calda nelle tazze, far girare i piatti dei dolci. Sorridere. Una bambina mangiava la torta leccando il cucchiaino, un grosso fiocco rosa in testa, e quel sangue era qualcosa di cui solo io e Anne Marie avvertivamo la presenza, l'oscuro riflesso su ognuno di quei gesti. Loro credevano di respirare un'aria simile alla nostra ma in realtà quelle parole e quei sorrisi di tenerezza si aprivano nel vuoto come le bocche dei pesci contro il vetro di un acquario.

Anne Marie aveva smesso di lavorare, la lana rotolava in terra. Era sceso fra noi un silenzio particolare, organico, potevo quasi cogliere il battito del suo cuore mentre dalle labbra dischiuse il suo canino metallico si illuminava solitario e prezioso. Era il suo un sorriso che non si esprimeva, appena intuibile, come se un vento leggero le percorresse il viso a portare una luce di soddisfazione per il nostro futuro di Ariani Cattolici Apostolici Romani. Senza spargimenti di sangue.

China la sera a darmi la buonanotte il suo viso avvicinava i sogni e li pacificava nella trama rossastra dei capillari. Mi sfiorava con un bacio e i suoi capelli, fili lunghi e divincolanti che trovavo a volte impigliati nel pettine in bagno, mi solleticavano per un istante la fronte. La mano rincalzava le coperte e la luce dell'abat-jour, trapassando l'azzurro dell'iride, arrivava al colore del fondo, più chiaro, mutevole e onirico. «Jesuskind, ich gehe zur Ruhe / schliesse mir die Äuglein zu...» recitava con le mani congiunte, e dalle sue labbra appena screpolate Gesù Bambino scivolava fuori per andare a prendere posto fra le bambole, a piedi nudi. E questo era amare il Buon Dio, non tagliare i neonati, zacchete! come il sarto le dita del Konrad succhia-pollice. Avrei voluto chiederle se era il medesimo sarto che inforcati gli occhiali si chinava sul port-enfant. Ma spenta la luce i suoi passi scricchiolavano ancora un istante, frammenti ultimi di una giornata che lei si portava via nella grande tasca del grembiule mentre la sua sagoma si assottigliava fino a sparire, inghiottita dall'inchiostro del "Gute Nacht" verso scarpe e vestiti da spazzolare.

Nel buio toccavo la stoffa che tappezzava l'angolo intorno al mio letto, una tela a strisce sfumate di azzurro dalla tessitura irregolare. Non avevo paura né dell'Uomo Nero né del Lupo travestito da agnello, se avevo un sentimento di inquietudine era per il bambino del piano di sopra, un "bambino malato" come diceva la mamma. E mentre scorrevo con le dita lungo i rilievi della stoffa aspettavo il suo richiamo di animale notturno: *a letto, a letto, a letto non vado...* Lo ripeteva monotono e cantilenante e non c'erano strepiti o porte sbattute ma solo lo strazio solitario di quel richiamo come se qualcuno lo trascinasse giù da una interminabile scala, gradino dopo gradino.

Giannetto. Quelle poche parole, sempre le stesse, ripetute come un tam tam nella notte, erano il suo corpo, i tentacoli che nel buio chiedevano aiuto. Lo sentivo lassù miserando e compassionevole, ricattatorio, e invece di tapparmi le orecchie rialzavo la testa sul cuscino per non perderne una sillaba quasi fossi stata io la destinataria di quel richiamo. Lo inseguivo facendo scorrere il dito lungo la trama della stoffa, lo inseguivo fin dove mi era possibile come se avessi dovuto con quel dito arrivare a una salvezza per Giannetto. Ad ancorarlo, lui sballottato giù da una scala, alla mia notte senza storia.

Poi quel grido mi sfuggiva, la mano ricadeva inerte sul lenzuolo e Giannetto si perdeva lontano scivolando nel suo pozzo di buio.

Dalle lunghe finestre a riquadri di vetro soffiato arrivava una luce biancastra e piovosa e Paulinchen moriva bruciata. La sua mamma era uscita e lei non aveva voluto dar retta ai gattini. Un attimo, e lo zolfanello di dimensioni inusuali appiccava il fuoco alla gonna rosa e sbuffante della disubbidiente Paulinchen.

Ero in terra, riversa, il libro aperto sulla sua immagine in fiamme. Come sopportare l'idea di una punizione così atroce per la piccola curiosità di una bambina lasciata sola in casa? Perché non era intervenuto l'Angelo Custode, dov'era? Dove era Gesù Bambino che in camiciola si affaccia dai tabernacoli e vede e sa tutto? Dove erano Anne Marie, la mamma, papà, Italia e Letizia? Sfogliavo indietro il libro e il cattivo Friederich, che strappava le ali alle mosche e frustava i cani, era lì rincalzato nel suo letto e il dottore gli dava la medicina mentre Paulinchen correva con le vesti in fiamme. Sola e disperata. C'era da urlare dal panico, sentivo in bocca la polvere del tappeto. «Stehe auf» Anne Marie mi ordinava di alzarmi; ma con la faccia a terra continuavo a piangere e le lacrime colavano sulle inutili invocazioni di Paulinchen.

Nessuna punizione era paragonabile alla sua, quel Kaspar che finiva al cimitero perché non voleva mangiare la minestra era uno stupido e moriva di fame davanti a un piatto pieno. Ma la allegra, la dolce Paulinchen con un bel fiocco in testa, amica dei gattini, felice, perché doveva subire una morte così atroce? Finita in un mucchietto di cenere tra due pantofoline tondeggianti in punta con asola e bottone come le pantofole di tutte le bambine che corrono sui parquet. Morta, come Danilo, il figlio della balia. Ma Danilo era molto piccolo e la balia povera e ignorante, Paulinchen era forse ebrea?

«Stehe auf!» Anne Marie stava perdendo la pazienza e rizzava il busto sulla poltrona di cuoio borchiato. Ma Paulinchen era bruciata, bruciati i capelli, bruciate le braccia invocanti aiuto e nello strazio della sua irrimediabile condanna andava in frantumi ogni possibile logica. Battevo con fracasso i pugni sul pavimento, la sorte di Paulinchen era inaccettabile, dava nausea e vertigine. La violenza di cui era vittima sconvolgeva i mazzolini di non-ti-scordar-di-me sui cumuli delle tombe, era uno scempio di angioletti volati in cielo con il sorriso sulle labbra.

Avevo sputato: su Paulinchen, sulle fiamme, sui gattini con le zampette levate. «Aber was!» Anne Marie mi strappava il libro di mano: era in piedi, e grandi e scintillanti a pochi centimetri da me, gli occhielli delle sue scarpe vibravano di riflessi. Avevo allora sputato anche sulle sue scarpe, un piccolo schizzo di saliva. Era una punizione infinitesimale per quello che era successo. Fatto un passo indietro Anne Marie era rimasta interdetta, non osava darmi uno schiaffo. Sudavo dalla rabbia: se mi avesse toccato avrei potuto urlare e vendicare tutte le Paulinchen del mondo.

Lei, lei che mentre leggeva bionda e composta contro i piccoli riquadri della finestra aveva cantilenato in toni alterni di finta allegria e finto dolore la breve e infame storia mentre le labbra piene, umide di saliva, si erano compiaciute della morale: non giocate, non giocate bambini con i fiammiferi! E la mia disperazione aveva solo ottenuto un sorriso di compiacimento per l'effetto. Quella voce che aspettavo al mattino dalla porta ancora chiusa, che rincorrevo per le stanze, una voce strabiliante che poteva mutare il corso di una giornata. E adesso, come aveva potuto?

Anne Marie aveva deciso di cambiare tattica. Raccolto il libro da terra era tornata a sedersi sulla poltrona invitandomi a seguire insieme a lei la storia successiva. Con lo stesso candore sprezzante con cui affrontava i rimproveri della mamma mi mostrava adesso l'illustrazione di un leprotto con gli occhiali: vieni, guarda, diceva. Le avevo strappato il libro di mano girando indietro le pagine fino a tornare sulle immagini di Paulinchen.

Dalle labbra serrate questa volta la storia era sibilata fuori spedita, senza inflessione alcuna. Leggeva veloce, troppo veloce Anne Marie, tanto che non riuscivo a capire niente; e ancora mi veniva da piangere mentre alta sopra di me la sua voce frapponeva ogni parola come una distanza, terreno sul quale non dovevo avventurarmi. E tutte le Paulinchen del mondo avevano quello che si meritavano, questa è la vita, mia cara, così è anche per le bambine che disubbidiscono, stupide sciocche bambine!

Ma in un istante maligno lei aveva dato a Paulinchen voce, vestiti, allegria troppo simile ai miei. Oh, certo, Anne Marie era la vita sovranamente ottusa a quanto non le corrispondeva, con un solo colpo lei poteva spargere al vento la cenere di Paulinchen e poi sorridere bionda e saggia contro i vetri biancastri di pioggia. Ma quell'immagine che mi si incollava addosso e mi calzava in modo così perfetto, era adesso diventata di piombo.

Una stanchezza improvvisa mi stremava le gambe. Stesa supina sul tappeto guardavo i cassettoni di legno del soffitto cercando di fissare un punto, uno qualsiasi, come se solo là avessi potuto trovare rifugio. Anne Marie, soddisfatta da quella tranquillità ottenuta a così poco prezzo era tornata gentile e, incrociati i piedi sotto la seggiola, poteva finalmente leggermi la storia del leprotto con gli occhiali. Senza rancore, diceva la sua voce. Così la mattina si mimetizzava e tornava a essere una mattina di pioggia simile a tutte le altre con nuvole e noia, quel muco giù dal naso che si stava seccando, raffreddore e capriccio insieme. La ascoltavo svogliata, il grembiule a quadretti e le pantofole, lo sguardo ancorato là in alto ai riquadri di noce del soffitto.

Forse Paulinchen era ebrea. La stella di Davide era slittata fuori dal cappotto e dondolava pesante, di un oro lucido di pelle. Stava accoccolata in terra mostrando fra le gambe divaricate le mutandine di cotone cannolé e nutriva la sua bambola con un miscuglio di terriccio e foglie, del tutto indifferente all'oscillare di quel segno vagamente inquietante. Anche il luogo aveva qualcosa di sospetto, chiuso com'era da un'alta siepe di bosso e seminato di una ghiaia rada, gialliccia.

Sull'unica panchina a ridosso del tronco sfilacciato di una palma la sua governante diceva a Italia di aver allevato molti figli di principi; e si capiva che se adesso parlava con una cameriera era solo perché, dietro la siepe, nessuno poteva vederla. Italia ascoltava cercando di coprire il cotone nero del grembiule con i lembi di un cappotto a spina di pesce che era stato dello zio Nino. La bambina aveva lasciato cadere la bambola per ascoltare e guardava diffidente con due occhietti da topo, il sole che le schiariva la chiocciola dei capelli.

Dondolavo sulla catena di ferro che divideva i giardinetti dal marciapiede, il tramonto lampeggiava nei vetri delle case sull'altra sponda e dei passanti si affacciavano al parapetto di travertino nell'esile ombra dei platani. Rade palline pendevano dai rami spogli e la corteccia si sfaldava in macchie più chiare, fredde di un sole retrattile, incostante. La bambina, afferrata la bambola per i piedi, me la dondolava davanti, forse un invito o una provocazione, e dal vestito rovesciato le gambe della bambola sbucavano lisce e rotonde, appena più colorite al rigonfiamento del ginocchio. Lei la scuoteva tutta quasi a mostrare disprezzo e i lunghi capelli si impolveravano sulla ghiaia mentre le palpebre sbattevano in un clac lento, prolungato di ciglia. Non avevo mai visto una bambola così bella.

«Regina, venez-ici!» chiamava la sua governante. Anche Italia voleva che venissi a prendere la merenda e mi rovesciava in mano la banana facendola slittare fuori dalla buccia; e sotto lo sguardo inorridito della sua vicina, due biglie ingrandite dagli occhiali che seguivano esterrefatte la breve gialla parabola, si buttava la buccia alle spalle. Dopo un rapido volo i quattro spicchi si afflosciavano in terra, poco lontano dalla panchina.

Regina scartava la merenda e me ne offriva una parte, le mani piccole con le vene bluastre sotto la pelle spezzavano a metà il ventaglio di pasta sfoglia. «No, grazie.» Anne Marie diceva che gli ebrei mangiavano il pane azzimo e la guardavo mordicchiare la pasta di malavoglia. La stella splendeva immobile, le briciole ci scivolavano sopra. Sedeva adesso accanto a me sulla catena di ferro e dondolavamo insieme, le nostre due ombre che si allungavano come giraffe sulla ghiaia. «Regina, il faut aller!» diceva la sua governante preparandosi ad andare via. «Mais pourquoi?...» lei protestava lamentosa, appena rauca, e fra le labbra gonfiava una bolla di saliva iridescente: poi, di colpo, la lacerava, e un filo sottile di saliva le colava lungo il mento. La sua governante già in piedi si infilava i guanti, il grosso sedere quasi in faccia a Italia.

Le avevo guardate andar via lungo il marciapiede. Adesso che il cappotto blu copriva ogni segno differenziante lei era una bambina come tutte le altre e trotterellava allegra passando accanto alle immense ancore nere della *Viribus Unitis*. L'ombra attanagliava le ginocchia artritiche di Italia e in un ripensamento tardivo lei dava un calcio alla buccia di banana per nasconderla sotto la panchina. E mai mi era sembrata tanto brutta come in quella luce con la pelle infreddolita che mostrava la grana simile a quella di certe pere degli orti che non maturano mai e i capelli spessi e unti, tirati nella crocchia da una miriade di forcine. «Voglio andare a casa» avevo detto. Le macchine correvano sul Lungotevere con i finestrini chiusi e tra la ghiaia i vuoti lasciati dai giochi di Regina erano delle chiazze di terra polverosa. Italia indugiava "per farmi prendere aria". I vetri al di là del Tevere erano diventati plumbei e un volo di storni si perdeva in alto tra le nuvole colpite dall'ultima luce. «Io ho freddo» avevo mentito.

Domenico aveva già acceso la luce nell'androne e Italia apriva con la chiave la porta a vetri dell'ascensore. Durante la salita mi toglieva la sciarpa e nel farlo avvicinava il suo grande viso: il neo era marrone, in rilievo, e la sua pelle aveva un odore di pollo molto consolante.

Mentre seduta al tavolo del guardaroba aspettavo che si freddasse la minestra, forse Regina mangiava seduta su un piccolo trono e la sua governante la imboccava reggendo fra le mani inguantate un cucchiaio d'oro. All'asilo Madre Gregoria ci aveva mostrato la Bibbia dove la Regina di Saba avanzava fra i veli di un baldacchino fastoso. Anne Marie, tornata dal suo pomeriggio di libertà, aveva ancora indosso il vestito di lanetta color lavanda. Le avevo raccontato del mio incontro del pomeriggio ma lei aveva continuato a soffiare indifferente sulla minestra e tra le ciglia pallide le pupille avevano poi proseguito il viaggio con il cucchiaio fino alla mia bocca. «Domani ci possiamo tornare?»

Soffia ancora Anne Marie, le gote tese chiariscono il disegno dei capillari, palloncini da cui si diparte un vento appena umido di saliva a sconvolgere il mondo dei "peperini". Italia finisce di attaccare un bottone e brontola contro il pavimento alla veneziana nelle cui crepe vanno sempre a perdersi i suoi aghi. Una volta la vite di un orecchino, dice, e nessuno era più riuscito a trovarla. «Domani ci possiamo tornare?» Il cucchiaio si solleva perdendo gocce di brodo, Anne Marie si stringe nelle spalle dei "weiss nicht", dei nebulosi impedimenti, cause incerte, pioggia, vento, avversi incontri di costellazioni, mentre in cucina Letizia inveisce contro quella là, la "froila" come chiama Anne Marie, stroppiando quel "Fraulein" che dovrebbe distinguerla da lei e da Italia, perché ha rimandato indietro l'uovo a farlo cuocere ancora. Ma Anne Marie non avverte: nel viso screpolato dal freddo non si sono ancora dissolte le luci e le ombre della sua vacanza, strade percorse da quelle scarpe lucide di capretto, alberi e sole sul suo berretto lavorato a crochet. «Allora domani ci torniamo?» L'ascensore scende gemendo nella tromba buia del cortile e la luce cala lungo le transenne nere di grasso illuminando gli stracci volati giù e là rimasti impigliati da tempo immemorabile. «Aber wohin?» lei chiede.

«Da quella bambina, da Regina...» e miste a cucchiaiate ormai tiepide di minestra le affido le sillabe preziose aspettando la sua meraviglia. Glu, glu, glu, scivola Regina nella gola di Anne Marie, così il sapone in fondo alla fontana nella favola di Frau Holle, e lo sguardo intento alla coccia dell'uovo solleva su di me i disegni mirabili e indecifrabili del suo azzurro caleidoscopio: Anne Marie non sente, troppo occupata a togliere i frammenti di guscio che possono far venire l'appendicite.

Madre Gregoria diceva che gli ebrei avevano crocefisso Gesù e poi avevano gridato che quel sangue innocente ricadesse pure su di loro e sui loro figli. Il viso rubicondo circondato dai raggi inamidati della cuffietta esprimeva pena e rammarico per tanta stoltezza. Poveri bambini ebrei che non avevano suore che potevano loro insegnare a dire "train" o "parapluie" né potevano mangiare i fragoloni che Suor Lucilla innaffiava lasciando colare l'acqua giù per il pendio mentre il vento sollevava la lunga sottana nera. Non aspettavano loro la fumata grigia per gridare giubilanti "Habemus papam, habemus papam...".

Noi, sì, l'avevamo gridato mentre le suore erano corse una incontro all'altra, le cuffie scomposte e i cuori trafitti palpitanti sul bianco dell'abito. Tumultuose e dimentiche avevano abbandonato in cima alle scale la Superiora vacillante nel suo passo di gabbiano, le correnti d'aria che le sbattevano il velo sul viso. Dalla cucina erano accorse le converse per prendere parte anche loro al "Gaudium magnum" e sbandavano, vestite di nero loro, senza cuori trafitti, frastornate dalla luce e dal vento che ondulava nel cielo un esile serpente di fumo.

E in cappella, dalle ugole chiuse nelle cuffiette inamidate, la felicità si era sprigionata con striature di sole. «Au ciel, au ciel, au ciel / J'irais le voir un jour!» Un'ape entrata dalla vetrata aperta sul giardino strisciava torpida dell'inverno sul legno rosato dei banchi. Il profumo dei gigli travolgeva il pallore mortificante, le dentiere e gli occhiali, l'odore di pelle perennemente chiusa nei panni.

"Eminentissimum, Reverendissimum Cardinalem..." miniava Madre Gregoria nello scricchiolio del pennino intinto nell'oro. Arabeschi, ghirlande, spirali convergevano e si inseguivano in un ordine trascendente ogni umana ragione. La penna entrava simile a un pungiglione nelle boccette sul tavolo dove il blu pavone, il carminio, il verde smeraldo emergevano dal buio del vetro per risplendere sulla pergamena come un filo lucente che si dipanasse dalle dita di Madre Gregoria. La guardavo asciugare ogni tratto di penna: scrollava il foglio e la sabbia scivolava giù in una pioggia sottile e senza vento; e nel breve spazio di luce racchiuso tra la lampada e il tavolo la sua mano passava come la luna riverberando un chiarore diafano. Poi il pennino riprendeva ad andare, tornava, strideva i suoi piccoli passi disegnando una eternità di angeli con le trombe d'oro.

Alla campana che annunciava il "Grande Silenzio" Madre Gregoria si era alzata avvitando ogni boccetta, e rivolta verso di me aveva chiesto ragione con lo sguardo del tanto ritardo nel venirmi a prendere. «Forse si è rotta l'automobile» avevo detto; aveva disapprovato in silenzio continuando a muoversi fra le onde cremose della gonna, i gesti come avvolti nell'ovatta. Alla fine mi aveva preso per mano e insieme avevamo percorso il corridoio deserto tra una doppia fila di grembiuli appesi all'attaccapanni. Rade e lontane si accendevano le luci nella piana del Tevere. Avrei voluto che ci affrettassimo verso il vestibolo ma Madre Gregoria sembrava invece perdersi in minutissime incombenze: raddrizzare un grembiule, controllare se era chiusa una porta, una finestra. E nell'incerto di lampadine altissime, non destinate a nessuna reale illuminazione, le aule mi apparivano luoghi desolati, abbandonati nell'imminenza di una catastrofe, dove i bambini raffigurati sulle tavole alle pareti conservavano un'ilarità tetra e assurda.

Una volta arrivate alle scale ci eravamo unite a una processione di suore che scendevano in cappella, i visi bassi, senza sorrisi e senza suoni. Già uscite dalla giornata Madre Umbertina, Madre Enrichetta e Madre Cecilia mi erano passate accanto sfiorandomi con la veste, senza riconoscermi. Suore che non avevo mai visto si affrettavano zoppicando giù per i gradini; una, nana, pencolava l'enorme triste testona. E Madre Gregoria, abbandonata la mia mano, le aveva seguite lasciandomi nel vestibolo in compagnia di una conversa.

Seduta nella guardiola, intenta a leggere nel messale dalla copertina nera, alle mie domande la suorina rispondeva ponendosi un dito davanti alle labbra mentre dalla cappella arrivavano, striduli e monocordi i versetti dell'Officio: domande destinate a restare senza risposta si allacciavano nella semioscurità in una lunga catena implorando su una nota sola, altissima. Ma nella loro monotonia avvertivo una sicurezza e una presunzione di verità da cui io e Anne Marie, la mamma, Italia, tutte eravamo escluse. Esili e arroganti quelle voci si levavano nel silenzio a testimonianza degli Eletti, del Gaudio Eterno alla destra del Signore insieme ai Giobbe ai David e ai sette fratelli Maccabei.

Ma se i bambini venivano trovati in una cesta davanti alla porta di casa, come avere la certezza di essere stati messi davanti alla porta giusta, quella il cui spioncino Italia strofinava con il Sidol ogni sabato pomeriggio? E se qualcuno passando avesse spostato il cesto un po' più in là, davanti alla porta immediatamente accanto, la porta dei Della Seta, dei Della Seta che erano ebrei? «Aber nein...»

Anne Marie sorrideva spiegandomi che i bambini ebrei erano molto diversi da me, più ricci, scuri. «So lockig, so braun» diceva, e in tedesco era quasi un suono di campane. «Aber Regina ist blond» rispondevo assalita dai dubbi.

Ma Regina si era "persa di vista", così come si erano "perse di vista" certe amiche della mamma che labili stagioni possedevano in luoghi imprecisati non localizzabili da nessuna bussola e di cui talvolta trovavo in un cassetto la fotografia, i volti pensosi rigati di polvere. E se chiedevo a Anne Marie di tornare a quella panchina dove un mercoledì l'avevo incontrata, lei diceva che c'era troppo sole; e se non era il sole, allora era il vento a dare fastidio.

Salivamo su per viale Washington e Anne Marie si fermava per inspirare lentamente e profondamente, il cappotto teso sul gonfiore del seno. Le ciglia tremavano all'orlo delle palpebre e per lo sforzo il naso si affilava, piccolo, pallido, quasi inesistente. Poi di colpo l'aria rifluiva dalle sue labbra, calda di anidride carbonica: «Atmen, atmen» diceva più che altro a se stessa, solo apparentemente incitandomi a imitarla.

La guardavo. Dietro di lei una Diana o una Proserpina senza più braccia tratteneva fra le gambe una veste muschiosa e il declivio di erba solitario era sparso di foglie, fradice nell'ombra, mentre in cima al viale di querce allacciate nei loro rami più alti fino a formare una cupola, la fontana del Fiocco si illuminava simile a un ramarro di un sole verde e fosforescente. Talvolta l'aria penetrando attraverso le narici di Anne Marie emetteva un lieve fischio e io ascoltavo incantata quel sibilo di insetto prigioniero alle radici del suo naso.

Ma Regina non c'era. Passavamo davanti al giardino del Lago e cercavo invano i suoi boccoli ciondolanti sulla martingala del cappotto, la sua bambola tanto diversa dalle bambolone con l'incarnato violento e i piedi piatti a cui rincalzavo le coperte la sera. La cercavo ancora sulle gradinate di Valle Giulia ma lo sguardo accecato dal riverbero di tutto quel travertino finiva sempre e solo per ritrovare Anne Marie seduta su uno dei gradoni laterali. In quel lago bianco di luce lei sorrideva beata, via il paltò, via il cappello, e così avrei desiderato che la vedesse Regina mentre un carabiniere con le bande rosse tentava di attaccare discorso, lei alzava le spalle, le labbra dischiuse sullo splendore del canino metallico da cui il sole sprizzava dei piccoli lampi.

Andavamo: ghiaia, asfalto, sentieri di terra battuta. Tentavo di reggermi in bilico sul fil di ferro che cintava le aiuole, venivo urtata mentre ero ferma a guardare rotolare una palla. Bambini di cui non erano note le malattie passate presenti o in incubazione mi strappavano di mano la paletta o mi chiedevano di giocare con loro. Ma bastava che Anne Marie aprisse la bocca e subito il martellare delle sue gutturali tedesche li faceva dileguare veloci, i pedalini molli alle caviglie.

Al Pincio poteva succedere che quei bambini me li ritrovassi improvvisamente accanto al teatrino dei burattini, così vicini da sentirne il fiato nel collo. Li avevo davanti, dietro, di fianco, percepivo l'odore dei loro capelli, vedevo le loro orecchie mal lavate; e mentre Pulcinella menava all'impazzata loro ridevano e lo incitavano. Più il bastone rintronava sordo sulle teste ammaccate più loro battevano forte le mani, le bocche appiccicose di caramelle. Quando calava il bussolotto per raccogliere le monete si facevano sotto picchiando contro il legno del baracchino. Qualcuno addirittura faceva delle domande e Pulcinella gli rispondeva fra l'ilarità generale.

Erano gli stessi che al noleggio delle automobiline mi davano una spinta per prendere quella in cui avevo già infilato una gamba. O mi venivano addosso in uno sbattere di ferraglia, e invece di chiedere scusa mi gridavano di scostarmi. Sotto la tesa del cappello fermato alla gola con un elastico fingevo allora la sordità più totale e sterzavo per cambiare rotta, pedalando il più veloce che mi fosse consentito dal paltò di vigogna, le mutande di lana e la sciarpa.

Se minacciava la pioggia, una volta arrivate a metà della rampa che digradava verso piazza del Popolo, Anne Marie decideva di tagliare per la scaletta che scendeva di fianco alla chiesa. Da lassù vedevo il disegno circolare della piazza brulicante di lillipuziani e le gambe improvvisamente deboli tremavano. Ferma sul primo gradino lasciavo che Anne Marie scendesse come se sprofondasse nel vuoto, lei si voltava e mi vedeva ancora ferma in alto: «Also? Was machst du?» gridava. Guardavo gli ombrelli aprirsi come bottoni intorno all'obelisco e sotto l'accavallarsi di nuvoloni neri lo sguardo di Anne Marie era nitido e lucente come l'orizzonte prima del temporale. Avanti, scendi! diceva, e con l'indice tracciava la breve verticale che avrei dovuto percorrere per raggiungerla, ignara lei che sarebbe bastato un colpo di vento sulla tesa blu del suo cappello per farla volare fino sui sampietrini della piazza. Già il sapore della banana mi tornava in bocca e sconcertata e feroce schiacciavo i minuscoli ragnetti rossi sulla balaustra, lo sguardo incollato alle macchioline sanguigne che lasciavano sul travertino. Tra raffiche umide la sua voce mi investiva insultandomi, «Du, dummes Kind!», mentre già grosse gocce di pioggia macchiavano la scala. Finché non si decideva a risalire e mi afferrava per un braccio scrollandomi come un pupazzo: mi trascinava giù, le suole scivolavano sui gradini bagnati, lei tirava, la sua mano mi straziava il polso, io chiudevo gli occhi e scendevo e slittavo sbucciandomi le caviglie contro gli spigoli. Arrivata in basso vomitavo la banana, di schianto.

Come la volta della visita alla balia. Quando l'Astura, percorsa la carreggiata tra le sterpaglie dure di tramontana, si era fermata sul terrapieno nell'ombra che dilagava con creste ultime di sole sulle tegole sbrecciate della casa. Poco lontano era il belare ininterrotto di pecore lente e infreddolite la cui puzza arrivava a ventate, io e la mamma cercavamo di mettere in salvo le nostre scarpe dal fango ancora tutto impresso dal disegno bizantino delle loro orme.

La balia ci aspettava sulla porta: dentro era buio, solo la pelle scuoiata di un coniglio appesa vicino al camino emanava un lucore opalescente, inargentato di riflessi. La balia parlava e parlava senza che riuscissi ad afferrare il senso delle sue parole tra un andare e venire di bambini con le galosce e i capelli impicciati. La mamma aveva portato dei vestiti e li riconoscevo uno per uno mentre la balia li tirava fuori dal pacco: nella semioscurità raggelante lasciata dalla giornata di vento ondeggiavano un istante, toccati da un affollarsi di mani sporche. Riconoscevo un vecchio grembiule di Italia, il mio paltò dell'anno prima, il pigiama disegnato di anatroccoli. Un bambino con soltanto una maglietta addosso aveva espletato le sue funzioni corporali in mezzo al tavolo, la balia aveva allora preso la prima cosa che le era capitata in mano, un golf, e con quello aveva pulito il tavolo. Per riguardo a noi; poi aveva buttato il golf in un angolo e il gatto era corso ad annusare.

Ostinata e scontrosa non volevo andare fuori a vedere né i polli né le pecore né tantomeno le papere mute. Mi tenevo rigida alla parete puntando i piedi contro i mattoni sconnessi del pavimento senza manifestare stupore o pietà alla vista del bambolotto che era stato mio e Danilo aveva tenuto stretto fino all'ultimo nel suo lettino d'ospedale. La balia piangeva asciugandosi le lacrime con il dorso della mano e la mamma la rimproverava, le diceva che non doveva fare così, doveva farsi coraggio per gli altri bambini. Il bambolotto aveva il corpo di pezza rossa e le braccia rigide spalancate, io guardavo la mamma seduta sulla seggiola al centro della stanza con la pelliccia e il cappello, le gambe infreddolite nelle calze di seta.

Quei bambini mi giravano intorno ma nessuno mi chiedeva niente, e a un tratto la balia ne aveva spinto uno verso di me: «È istu, è istu» aveva detto. Il bambino si tirava indietro recalcitrante mentre la mamma mi spiegava che era il mio "fratello di latte". Guardavo quel bambino con le gambe nude nelle galosce e non capivo cosa ci unisse, io non volevo avere niente in comune con lui o con altri in quella stanza dove stagnava il rancido di tegami incrostati di avanzi, un odore che era nei panni e nei capelli, e in cui paventavo riconoscermi. Un odore che mi disorientava come la luce, che era diversa, una luce di poveri. Unidimensionale, avversa. Il bambino si era divincolato dalla presa della madre e fermo sulla porta mi guardava, la balia mi chiudeva in pugno un uovo ancora caldo tenendomi le dita serrate nelle sue e io restavo con quell'uovo sollevato, senza muovermi. Al momento di andare via si chinava a baciarmi e contro la guancia sentivo la sua pelle ancora umida di lacrime.

Appena salita in macchina mi era venuto da vomitare. La mamma aveva picchiato contro il vetro scorrevole e Francesco si era fermato, io ero scesa appena in tempo. Dopo era stato Francesco a portarmi su a casa in braccio lasciando accanto al marciapiede l'Astura con la portiera aperta. Stroncata da una fatica di irreperibilità di oggetti quotidiani appoggiavo la guancia contro i bottoni della sua divisa, le mani aggrappate alla sua nuca sanguigna, rassicurata a tratti dalla voce rimbombante nella sua cassa toracica.

La lampada dell'androne, lo scatto della porta dell'ascensore. Il neo di Italia. Ma Anne Marie non c'era. La sera vacua e sbandata si prolungava tra le scure pareti del corridoio fino al mio letto a cui era stata tirata via in fretta la sopracoperta, simbolo di un disordine dilagante. La luce del comodino, mascherata da un panno, cadeva sulle pantofole friulane di Italia. «E Anne Marie?» le chiedevo in un soffio. «È mercoledì, lo sai che non c'è» mi rispondeva chinando su di me il suo largo viso odoroso di pollo in una sostituzione alla quale mi rifiutavo voltando la testa contro il muro. E niente e nessuno poteva preannunciare il ritorno di Anne Marie dall'oscurità della notte. Solo Letizia in cucina a predire la malasorte delle "girandolone".

Mercoledì. Che ne sapevo io dei giorni. La tramontana scuoteva i vetri della cucina e Letizia usciva sul terrazzino a stendere i canovacci, la porta sbatteva scrostando l'intonaco dal muro. Italia veniva a scaldarsi le mani al vapore delle pentole.

Anche il sole è freddo, lo sento sul viso splendere senza calore mentre guardo nel piatto di Anne Marie dove il coltello intacca la compatta lucentezza della carne, la forchetta che dà un ultimo strappo. Con i gomiti appoggiati sul piano del tavolo avvicino il mio viso al suo: Anne Marie mastica lenta, con attenzione, e dalla sua bocca mi arriva un odore dolciastro e selvatico. Dietro, oltre i vetri, il vento solleva i canovacci stesi sul filo e tutto intorno è grigioazzurro, l'acquaio di pietra, il tavolo, il marmo su cui poggiano i fornelli. Perfino la credenza dove la polvere indurita di grasso si annida negli interstizi. Anne Marie come un Angelo Musicante che porti il flauto alle labbra stacca il boccone dalla forchetta e i suoi capelli splendono della densità luminosa della resina degli alberi. «È buono?» le chiedo. «Oh ja, sehr gut!» Mi sorride, e il fegato sparisce tra il bianco dei denti.

Le sento, Italia e Letizia, alte sopra di noi, ostili e rimuginanti il loro giudizio di folla ottusa mentre Anne Marie continua a premere sul coltello del tutto indifferente a quegli sguardi fissi nel suo piatto dove ogni boccone lascia una traccia vischiosa. Ma già i tacchi della mamma risuonano lungo il corridoio, lei entra in cucina con il mazzo delle chiavi ancora in mano e la pelliccia semiaperta, la morbida bellezza appena sfiorata dal vento di fuori. Subito avverte qualcosa di insolito e lo sguardo si sposta sospettoso da una all'altra. Letizia si è scostata dal tavolo: la fetta dimezzata del fegato è lì sul piatto mentre Anne Marie si alza premendo il tovagliolo alla bocca. La mamma già china a baciarmi non mi bacia più, la ripulsa la ingrigisce, offusca la sua luce di magnolia per lasciare affiorare il disegno di labbra e occhi dipinti. Ma che abitudine questa di mangiare il fegato crudo, e poi malsano, certo malsano... lo sguardo è carico di rimprovero e gli occhi intolleranti e incauti danno il giudizio sbrigativo mentre le labbra si aprono su parole di biasimo gentile. Piemontesi falsi e cortesi, lei si meraviglia e sconsiglia, e poi, che ora è mai questa per un pasto? Parla, e il profumo di *Jasmin de Corse* sopraffà quell'altro odore. Mi tira a sé ma io resisto, le suole incollate al pavimento.

Anne Marie è in piedi che inghiotte l'ultimo boccone e solo il palpitare della vena nel collo avverte di un qualche turbamento. Ascolta immobile, la mano stretta sul tovagliolo, delle goccioline, o forse frammenti, le macchiano ancora le labbra. Lo sguardo innocente, di un azzurro che sembra sconfinare nel bianco, fissa la mamma. E appena la mamma finisce di parlare prende il piatto e rovescia quello che resta del fegato nella pattumiera.

Con un sorriso umile e vittorioso Letizia è corsa a raccoglierlo tra le bucce delle patate e i fondi di caffè: «Costa soldi sai, non si può mica sprecare la roba così, domani lo porto a chi so io», intendendo per "chi so io" tutti quelli che meno fortunati di Anne Marie non possono impigrire in casa dei signori. E nel dirlo guarda la mamma.

Il fegato è di nuovo sul tavolo nella carta ammollata di sangue con cui è stato comprato. Anne Marie sciacqua il piatto sotto la cannella dell'acqua, il collo biondo pieno di sole. Ho scostato la carta: il fegato appassito da tutti quei passaggi sembra ora più pallido. Lo tocco, è viscido, freddo. La mamma ha ripreso a parlare, disapprova la mia presenza in cucina «non è un posto adatto ai bambini», dice «se ne sentono tante di disgrazie». Ho chinato in fretta la testa e in fretta ho afferrato quel fegato dandogli un morso. «Ma che fai? dopo che è stato nella spazzatura!...» la mamma me lo strappa di bocca. Anne Marie si è voltata: uno strano sorriso emblematico e buio le passa come un'ombra sul viso. E quel fegato che Letizia la parsimoniosa rimette un'altra volta nella carta, diventa improvvisamente colpa sublime. Riscatto e paura. Impavida mi offro alla mamma, la pancia sporgente contro il ripiano del tavolo, il cuore che mi martella in petto.

Più tardi, davanti a un foglio di carta, calco con la matita una casa dalle tinte fosche dove sulla porta compare una Anne Marie dalle smisurate trecce gialle. Lei, seduta su una seggiolina azzurra simile alla mia, ogni tanto sospende il lavoro a maglia per guardare quello che sto facendo e tra le ciglia, quasi una peluria di anatroccolo, il suo sguardo scruta e giudica mentre alle sue spalle il quadro delle tre bambine che pattinano sul ghiaccio sembra essere lì per illustrare la sua vita precedente. Ogni bambina ha un sorriso diverso ma tutte e tre sono Anne Marie simultaneamente ritrovata nella sua infanzia. Una Anne Marie con il viso colorito dal freddo e lo sguardo azzurro che promette saggezza e temperanza.

Ho tolto la mano dal foglio perché possa vedere meglio. Aspetto un suo suggerimento: nel terreno incerto su cui mi avventuro temo che riconoscendo in me, rimpiccioliti, ma pur sempre della medesima pasta, i tratti detestati della mamma, mi ricacci là da dove provengo. Anne Marie mi consiglia di aggiungere un albero di mele rosse. Ma mentre scelgo dalla scatola i colori giusti lei ha già perso ogni interesse al mio disegno: devo andare, dice alzandosi. Di sicuro ha guardato l'orologio. E nel lampo improvviso che è mercoledì, questo giorno di corvi neri che lasciano l'impronta ovunque si posino, cerco di indovinare verso chi e che cosa è il suo "soll ich gehen". Piove, le dico. Ma non sarà certo la pioggia a fermarla.

Si è alzata e le tre bambine chiuse nella cornice di legno hanno perso di colpo ogni significato, piccole e scialbe pattinano adesso dietro la sua seggiola vuota. Sola davanti al mio albero appena iniziato la guardo tirare fuori dall'armadio il vestito color lavanda, le scarpe di capretto, un fazzoletto pulito; e ognuno di questi oggetti ha il suo momento doloroso trapassato dai raggi obliqui che, a dispetto di ogni mio desiderio di pioggia, hanno ora invaso la stanza. Prima di sparire, già oltre la porta, mi raccomanda di essere buona e di ubbidire a Italia, io l'ascolto succhiando con finta indifferenza la matita, i denti che intaccano il legno.

In bagno, lunghi e dimenticati nella sua fretta finale, quasi una fretta furiosa, sono rimasti alcuni capelli a parabola sulla porcellana del lavandino.

2

Le liti tra Italia e Letizia raggiungevano diapason altissimi e Italia ne usciva sempre appallottolando fazzoletti fradici di lacrime per poi venire a servire in tavola con le labbra gonfie e gli occhi rossi, confortata dalla simpatia generale. L'altra, la Letizia, i cui occhi non spremevano mai una lacrima fosse soltanto per il freddo o il vento, la chiamava dal corridoio per la consegna dei piatti con una vocina melliflua e gentile, arrischiandosi talvolta fino alla porta della sala da pranzo a porgere «la mela cotta per l'ingegnere» al fine di evitare che si azzardassero dei giudizi su di lei. Giudizi che le sue grandi orecchie percepivano anche attraverso le porte chiuse. Anzi, meglio, occultata nell'ombra.

All'estremità dei suoi brevi polpacci possedeva due piedi di bambina che calzava con amore ricorrendo alle liquidazioni di fine serie. E la domenica pomeriggio, appena la porta di servizio si richiudeva alle sue spalle tra il dondolare delle zampette unghiate di quella che una volta era stata una pelle di volpe, andavo nella camera che lei divideva con Italia. L'anta dell'armadio tremava, cigolava, cedeva di colpo scoprendo tra qualche vecchio paio di calze acciambellate le sue scarpette di Cenerentola. Tutte ugualmente sformate dai ritorni dal mercato, la pelle tagliuzzata dalle flessioni del piede. Infilarle significava scivolare furtivamente in una dimensione proibita, di licenza e di potere.

Alla mia immagine riflessa nello specchio in bilico sui tacchi, si sovrapponevano confuse e eccitanti le immagini viste una volta al cinema o sfogliando un giornale. Erano i baci di pallidi Pierrot nelle notti di luna. Ma anche la frustata del sultano sulla schiena della schiava dove lasciava, scuro e straziante, il segno del possesso. La dolcezza di carezze immaginate, e le grida, il soprassalto. Il furore. *Come una coppa di champagne io ti vo' ber* – diceva una vecchia canzone della mamma – *Nelle tue braccia vo' morire di piacer...*

Lo scricchiolio di quei tacchi aggrediva la quiete stagnante della domenica pomeriggio e avanzavo incerta, zoppicando nella luce riverberata dai pavimenti lucidi. Passavo davanti alla cucina deserta dove le zone ancora umide di straccio erano più scure, simili a una passata di nuvole, e mi affacciavo alla porta della camera dove Anne Marie, il golf sulle spalle, sedeva con i forti polpacci piantati davanti alla seggiolina azzurra. Non seduta dritta ma rilassata, le mani inerti in grembo. Anne Marie come una ragazzotta di campagna davanti alla porta di casa, così stranamente capitata in quella stanza dai mobili laccati dove oltre i vetri comparivano i grigi palazzi di travertino. Come avevo potuto supporre qualcosa in comune fra lei e le tre bambine che pattinavano all'interno della cornice esagonale, quelle bambine snelle e leggere con le sciarpe colorate e il manicotto di pelliccia, lo scintillio dei pattini d'argento? Le trecce allentate e il corpo robusto, costretto nella seggiola troppo piccola, la facevano apparire goffa, smarrita nell'estraneità di quegli oggetti in cui io mi identificavo fin dalla nascita. «Anne Marie, guarda!» le dicevo esibendole la mia bravura sui tacchi. Ma nel suo viso dai tratti alterati in una composizione che invece era forse il suo ordine primigenio, la mia voce non faceva alcuna presa. Poi il suo sguardo cadeva sulle scarpe: «Aber bitteschön, wie ist es möglich solche Schuhe anzuziehen!» diceva arricciando il naso per il disgusto.

Era vero, quelle scarpe erano vecchie e puzzavano; e improvvisamente dal calore che saliva dalle solette indurite i disgraziati e maleodoranti anni di Letizia mi penetravano nella pelle. Il ricordo dei suoi piedi dalle unghie verdognole, sformati dalla fatica, mi faceva orrore. Via, via quelle scarpe in cui la miseria cresceva come una pianta acre di sudore. La miseria della balia. La miseria di Domenico, il portiere, che a volte vedevo emergere trafelato dalla buia scaletta del sottosuolo dove abitava insieme alla moglie e alla figlia; e ancora passando lungo il marciapiede, dalla grata intasata di vecchia polvere lanosa, potevo intravedere giù la sua casa più simile a una cantina.

Dopo avermi ordinato di riportare subito a posto le scarpe, Anne Marie aveva ripreso il lavoro a maglia. Se avesse riso di me su quei tacchi sbilenchi avrebbe potuto ancora dare una gioia improvvisa al pomeriggio, alla nostra comune solitudine, alla nostra, se pur diversa, giovane età. Invece la domenica si ripiegava su se stessa soffocante e angusta e perfino il sole vittorioso tra il grigio dei palazzi non faceva che rendere i nostri movimenti più svogliati. Una noia senza rabbia mi faceva ripercorrere lentamente il corridoio affrontato prima con tanta baldanza. In camera di Letizia, abbandonate in un angolo, c'erano le mie pantofole con il loro buon odore di borotalco. Ma una materia opaca, limbo dei sogni, aveva tolto ogni smalto alla giornata e nello specchio la mia immagine mi appariva desolantemente sempre la stessa con il grembiule di casa e la forcella nei capelli. Solo quelle pantofole rosse in terra testimoniavano, vuote, di un istante diverso. Ma non erano poi terribilmente simili alle pantofole di Paulinchen, intatte vicino a un mucchietto di cenere?

A sentire Letizia, sua figlia era bellissima e nessun vestito eguagliava per finezza di ricamo quelli della Mariuccia, in collegio dalle "moniche" come diceva Francesco. Per quanto le facessi vedere il paltò nuovo o il vestito di taffetà rosa, Letizia scuoteva la testa dove serpeggiavano, negati e rinnegati, dei lunghi fili bianchi. «Quello della Mariuccia è più bello» diceva degnando appena di uno sguardo quanto le andavo esibendo appeso alla stampella; e con uno strappo toglieva il tappo al lavandino lasciando colare via l'acqua dove galleggiavano resti di verdure, tozzi di pane gonfi come annegati.

«Nun je crede» diceva Francesco «è 'na buciarda» e la sua parlata avara, sorniona, nata e cresciuta in via dell'Arco della Ciambella, rimetteva ordine nelle gerarchie. Inveendo contro le femmine in generale e la Letizia in particolare. Letizia non rispondeva: nel viso dove gli zigomi si levavano scarni le sue pupille di ciociara bassa e sola si muovevano attente come negli uccelli. Francesco, ritto nella divisa blu ornata da una doppia fila di bottoni, masticava il toscano e all'odore del sigaro si mescolava un sentore di lavanda, forse un sapone o una brillantina, che a me sembrava sublime. Letizia gli girava intorno ciondolando gli orecchini dai lunghi lobi delle orecchie e lui ironizzava sui suoi presunti corteggiatori, sulla bellezza della Mariuccia, sul tricchete e tracchete di quei tacchi.

Delle volte il gioco poteva sembrare in favore di Italia o di Anne Marie, ma in realtà era centrato su di lei, e questo a Letizia bastava. Nel gesto con cui apriva il rubinetto innaffiando all'intorno ogni possibile rivale c'era un predominio di fatto, tacito ma intoccabile. L'acqua a volte gocciolava sulle scarpe di Anne Marie, le schizzava le gambe, un pallore di rabbia la assaliva allora mentre Letizia imperterrita lasciava che il getto continuasse a scrosciare ribollendo su per il secchio fino a sommergerle le braccia tozze e bianchissime, fradicia lei ma trionfante: «Via, via, sciò sciò che devo lavare in terra».

La scampanellata di Francesco mi faceva correre alla porta di servizio. Issata sui fermi per arrivare allo spioncino, il mio sguardo si scontrava con il suo appena sporgente, sanguigno, quieto e superbo. Subito scivolavo giù per aprirgli e lui mi prendeva in braccio, sulla sua guancia potevo allora toccare l'isola rossastra, memoria del Gross Glockner, quando tutti avevano dovuto rinunciare con i motori fumanti ai lati della strada e solo lui, accompagnando la salita dell'automobile con il movimento del busto – quasi la forza dei muscoli avesse potuto aumentare la potenza del motore – aveva guidato l'Astura vittoriosa ai piedi degli scintillanti ghiacciai dell'Ost Tirol. E una volta lassù, tolto il tappo, l'acqua del serbatoio gli era schizzata sul viso in uno zampillo bollente.

La domenica mattina arrivava in borghese con il lungo impermeabile sbottonato sul doppiopetto marrone. Veniva per portare una mozzarella speciale, dei datteri giganti, qualcosa che solo lui era capace di trovare. Sotto la falda del cappello lo sguardo nocciola incuteva maestà e rispetto. Si fermava poco e non dava confidenza alle "donne", solo il tempo di bere un caffè al tavolo di cucina. Mentre aspettava che glielo preparassero mi mettevo in ginocchio su una seggiola per arrivare alla sua altezza. Volevo che mi mostrasse la fotografia dove magro e bellissimo era alla guida di un camion militare nel '17, prima che una granata, nella ritirata di Caporetto, gli spezzasse una gamba. Rideva del mio stupore: «So' io, so' proprio io». Quella era la fotografia che la sua fidanzata si era tenuta sotto al cuscino durante gli anni di guerra. «E la fidanzata?» chiedevo. «Quella? non m'ha più voluto.» «Come, non t'ha più voluto?» Era impossibile.

Intorno Letizia confabulava sul "destino" racchiudendo in questa parola tutta la globalità delle pene, dalla guerra al pianto della Mariuccia quando doveva rientrare in collegio la domenica sera. Ma me ne infischiavo io del "destino" e con i gomiti sul tavolo volevo ascoltare ancora una volta la storia della ragazza "bella e buona" che cuciva da sarta e un giorno aveva inavvertitamente ferito Francesco con le forbici. Un Francesco giovane e allegro a cui lei sorrideva china alla ruota nera della macchina da cucire tra un mucchio di sete, rasi e merletti. Sfioravo con le dita la cicatrice sul palmo della sua mano: non lo aveva fatto apposta, lui diceva; e quando aveva visto zampillare il sangue si era messa a piangere afferrando la prima cosa che le era capitata sottomano per fermare tutto quel rosso. La sfortuna aveva voluto che fosse la camicetta di una gran dama. Per colpa di quella camicetta era finito il loro amore.

«Una ragazza cattiva» dicevo. «No, lei era un angelo.» L'arpia era l'altra, la madre, pronta ogni momento a mettere bocca. Quel giorno se l'era presa con lui, sempre lì fra i piedi invece di trovarsi un lavoro come Dio comanda, di quelli che rendono ricchi e fanno mettere su bottega. Le loro grida erano rimbalzate su tutti i pianerottoli del vecchio caseggiato di Trastevere mentre la ragazza continuava a lacrimare in silenzio. Quel giorno Francesco se ne era andato sbattendo la porta, e non era più tornato.

Letizia intenta a preparare il caffè volgeva la schiena dove il grembiule troppo grande si raggrinziva nero fra le scapole. «E tu non potevi prendertela lo stesso, anche se la madre non voleva?» diceva maligna, triste, invidiosa. Ma il giorno che Francesco aveva rincontrato la ragazza in fondo alla chiesa di Sant'Agostino e se la voleva portare via così com'era, con lo scialletto e basta, alla ragazza era mancato il coraggio.

Il caffè colava piano dal becco della napoletana e per un momento Letizia sembrava ritrovare nei gesti la dolcezza di una adolescenza lontana, nel suo paese di capre. Improvvisamente mansueta offriva la sua remissione a quella vita di uomo solo con la gabbia dei canarini in cucina, le cove attese e spiate. Una pulizia personale che era un impegno testardo, di salvezza. «Eh, quando non è destino...» questa volta Letizia lo diceva sottovoce, come una giaculatoria. E il "destino" diventava un grande uccello che sbatteva le sue ali lungo la navata per portarsi via l'angelo immobile nel fondo della chiesa.

Ma la parlata lenta e ironica di Francesco schiudeva imprevisti spiragli: «Donne senza giudizio, con un cervello di gallina...». E se il "destino" si era portato via la fidanzata, Letizia, e un giorno forse si sarebbe preso anche la Mariuccia, io invece sarei stata salvata da Francesco. Guardavo le sue mani che davano il gesto giusto al tempo giusto, le toccavo là dove la lama delle forbici era slittata nella carne. E in uno slancio improvviso dicevo «Francesco, ho mangiato il fegato crudo!». Mi consegnavo al suo sguardo; e i suoi occhi, placati da una antica coscienza del dolore, comprendevano nel loro infinito orizzonte anche il mio fegato crudo. Ne ridevo, come di una prodezza. Anne Marie era sulla porta e la sua risata rara e breve, di gola, faceva eco alla mia. Per una volta mi sembrava che nell'universo tutto fosse conciliabile: Francesco, come san Cristoforo, si caricava sulle spalle il nostro piccolo mondo di piombo e noi traghettavamo felici sull'altra sponda.

Era lui a portarci a scuola al mattino e l'Astura, percorso viale Washington ancora nel buio delle querce, ci sballottava giù per le curve di Valle Giulia tra i cespugli di biancospino. Nelle giornate di pioggia, appena svoltavamo dal piazzale del Fiocco, al silenzio del viale seguiva il tambureggiare fragoroso delle gocce sul tetto metallico.

Appena arrivate Madre Gregoria ci metteva in fila per ispezionarci le unghie: quelle dei Mioni erano sempre sporche e io allargavo soddisfatta le dita a mostrare le mie dove Anne Marie era penetrata a fondo con la punta della lima. Davanti a noi un Cristo in grandezza naturale ci benediceva offrendo alla luce fredda del vestibolo il suo volto levigato che non conosceva malattia o dolore, croce o corona di spine, ma restava inalterato nell'assenteismo della bellezza sia che ci fosse la pioggia o noi avessimo il raffreddore. Indifferente perfino alla tunica squarciata sul suo petto dove la mano sottile, da efebo esangue, additava un cuore rosso di gesso.

In fila per due ci avviavamo alla cappella e questa volta era la Madonna ad apparire in fondo al corridoio. Più piccola del Cristo aveva dei colori nitidi e mattinali e allargava maternamente le braccia ai lati del petto infantile; ma schiacciato dai suoi rosei piedini il serpente sputava fuori una rossa lingua biforcuta. La conversa vestita di nero finiva di aggiustare i fiori nel vaso davanti al piedistallo e al nostro passaggio si scostava continuando a mormorare la sua preghiera a fior di labbra. A volte incrociavamo la Madre Superiora: al nostro inchino lei rispondeva con un impercettibile sommovimento del viso grigio di rughe senza arrestare il suo passo pressato da impegni serafici e gravi. Arroccata nella torretta del belvedere dove il sole dardeggiava come fiamma ossidrica, lei compitava la parola di Dio. E là, tra nuvole e uccelli, raddoppiava le dramme per il Regno dei Cieli.

Era intima di porporati con lo zucchetto di moerre, grandi divoratori di torte, che una volta l'anno venivano ad imprimere l'olio della Cresima schiacciando pesantemente il pollice sulla fronte delle cresimande. Dopo la cerimonia lei li precedeva nel parlatorio dove la colazione era apparecchiata su un lungo tavolo coperto da una tovaglia bianca, loro mangiavano lenti e preziosi sporgendo le grosse pance viola seminate di bottoncini, interrompendosi a volte per offrire al bacio di qualche suora particolarmente devota un'ametista incastonata nella carne molle delle dita. Portatori di speciali benedizioni del Santo Padre, venivano ad assistere alla nostra recita di fine anno, quando saltavamo fuori da una enorme scatola di cartone vestite da pellerossa o da maggiolini. In quell'occasione lei sedeva fra loro socchiudendo la mica dello sguardo, antichissima e veneranda nel candore immacolato dell'abito, le mani rattratte simili a zampette sull'oro della poltrona.

Ma nelle grandi occasioni, indossato un mantello ampio come le ali della manta, navigava in una nuvola di incenso fino all'altare e là si prostrava nel battito sommesso del panno. Le fiammelle dei ceri tremolavano intorno al suo corpo disteso, una piccola collina gibbuta sul marmo giallastro del pavimento. Quando lentamente l'incenso rifluiva fuori la vetrata, e due suore l'aiutavano ad alzarsi, dal mantello si levava tarlato e sottile lo scricchiolio delle ossa e lei sollevava un viso dove i gusci delle palpebre sbattevano nel rifluire di un sangue lento, terroso.

E Madre Cecilia attaccava l'assolo. La voce si levava sulle altre agitando le fronde di quel Paradiso dove la noia e l'estasi erano riprodotte in miniatura come le pagode e i ruscelli nei giardinetti cinesi. Una voce di testa, sicura. Le note si staccavano dal rotondo della sua bocca con ammirevole certezza alternando pause e cadenze in un equilibrio che non conosceva esitazioni. Dolcissima e terrificante, il suo sguardo si illuminava beatificato dalla propria potenza.

Lei mi dava lezioni di piano. Mi veniva incontro all'ora della merenda scivolando sull'orlo della gonna quasi fosse fatta di una sostanza diversa. Tra le pieghe a raggiera della sua cuffietta il viso sorrideva giocondo; ma a volte, per uno scatto improvviso, le scarpe grosse e nere sbucavano fuori dall'orlo della gonna, traditrici come le zampe del lupo dalla pelle dell'agnello. Mi portava via a Madre Gregoria staccandomi lentamente ma inesorabilmente dal cestino della cotognata, e con lei scendevo nella sala di musica.

Mi dava il "tempo" e il suggerimento delle note illuminata da un sorriso costante: ma le labbra che si aprivano sulla bella dentatura compatta avevano qualcosa di crudele. Quando sbagliavo una luce di trionfo si levava suo malgrado dalla salda corona di incisivi e canini e con slancio irrefrenabile mi schiacciava la mano sulla tastiera. Il colpo era secco, strappava un suono efferato e stridente. Piccola e sottile, dalle unghie fragili, la mia mano urtava dolorosamente nei diesis neri. Dalla finestra vedevo la lenta discesa delle fragole dove si sollevava, mossa dal vento, la gonna di Suor Lucilla. Le lacrime mi salivano alla gola a soffocare ogni lamento, colmavano gli occhi dove le trattenevo a forza sulla visione appannata di quel pendio. E solo a quel pendio cercavo di pensare. Lei mi guardava, mi spiava, con le dita irrigidite sulla tastiera sfidavo la sua indagine minuziosa. Alla sua voce insinuante e improvvisamente soave mi mordevo le labbra, le mani aggrappate ai tasti mentre la gola serrata era una roccia a impedire il pianto.

Quando tornavo da Madre Gregoria il sole calava in una pozza di luce nel silenzio dei corridoi. Toglievo il grembiule e l'appendevo all'attaccapanni per mettermi in fila con gli altri. Se mancava ancora qualche minuto all'ora di andare via Madre Gregoria ci portava a vedere dalla grande vetrata in fondo al corridoio il trenino della

Roma-Nord che correva simile a un giocattolo nei campi a ridosso del Tevere. Una volta il Tevere era straripato e il tramonto sanguigno e lavagna si specchiava nella distesa d'acqua: il trenino blu era fermo, semisommerso nella campagna illividita. Ma il diavolo era lontano, oltre il rettangolo scuro del Soratte, e le spade di luce che irraggiavano dall'orlo delle nubi lo ricacciavano sempre più lontano. «Con la potenza di Dio», diceva Madre Gregoria.

Il diavolo si chiudeva nella molatura degli specchi in camera della mamma. Balenava fra i raggi rifratti della luce del comodino. Lì era il diavolo in un gioco maligno, screziato di viola e di giallo.

Anne Marie si chinava per darmi da bere e la penombra si apriva sul chiarore del suo viso dove la bocca e le narici capovolte creavano nuovi orizzonti. Le sue labbra si muovevano sul rosa delle gengive agitando l'ombra appena percettibile della peluria che le sovrastava. «Il diavolo è là...» dicevo. Ride Anne Marie, ride nel tremolare molle e oscuro dell'ugola, si tira su e la mano passa sugli spigoli dello specchio rifratti di arcobaleni. «Der Teufel? Aber wo?» Apre l'anta dell'armadio dove i vestiti della mamma pendono nel buio, li agita con la mano e il profumo del *Jasmin de Corse* esala dalle pieghe della seta: «Wo?». I vestiti ricadono giù, non c'è nessuno qui, dice; ma da dietro il suo corpo il diavolo ammicca con lingue verdognole. Voglio la sua mano per appoggiarla sulla fronte bollente. Vene fresche scorrono nel suo palmo appena rigonfio dove si iscrivono sottili le linee della sua vita. Una vita che un giorno la porterà lontano da me. Ma la febbre è più forte, in un attimo contamina il palmo, le dita, la voce. Ogni cosa è torpida, calda.

Il professor Luzzatto diceva: «Io farei una peretta» e gli occhi scontenti dell'indagine mi scrutavano tra le sopracciglia cresciute con il disordine della sovrabbondanza. Dai polsini i peli gli fuoriuscivano fin sul dorso della mano in una vaga sospetta rassomiglianza (dopo, sì, dicevano che Cappuccetto Rosso usciva sana e salva dalla pancia del lupo, ma come era possibile se il lupo divorava, masticando?). Le dita picchiavano ossute fra le scapole, io soffocavo una risatina nella maglia tirata su fin quasi in bocca; ma poi quando affondavano come zampacce nell'addome cercavo la mano di Anne Marie in una improvvisa rinnovata diffidenza. Il professore mi appoggiava l'orecchio sul petto e le palpebre vizze calavano nella concentrazione: sentivo il suo respiro come un rantolo e irrigidivo i muscoli stracchi di febbre, gli occhi chiusi che cercavano nel buio un'ultima difesa a quel premere ispido e carnoso sulla mia pelle. Un contatto temuto quasi quanto la "peretta", che era vano ogni volta sperare che fosse una pera cotta ma era invece sempre lei, quella odiosa pera di gomma color ceralacca che trasudava dalla punta, nauseabondo, l'odore di camomilla del clistere.

È ebreo il professor Luzzatto, ma senza stella d'oro. È un ebreo "convertito". Non è chiaro quale legame intercorra fra lui e il negretto in ferro dipinto che dondola la testa a ringraziare ogni volta che dal fornaio introduco una monetina nel salvadanaio per la sua conversione. Il negretto è seminudo e selvaggio mentre il professore possiede un soprabito foderato di pelliccia e la mamma lo teme al punto di mentirgli. «Regina...» sussurro a fior di labbra mentre si china su di me, ma lui non dà segni di riconoscimento e la barba grigioazzurra si increspa intorno all'indifferenza della bocca. Eppure forse lui sa dove va, cosa fa, vincoli occulti si palesano a volte. Una frase, un gesto, e lui è con Regina e la sua stella d'oro. «Regina» ripeto e spio terrificata dal mio coraggio un cenno d'intesa, complice. Ma lui non si tradisce. E quando, dopo aver ordinato oltre la peretta anche gli impiastri di seme di lino, varca la porta di casa, Anne Marie passa l'alcol sulle maniglie delle porte.

È tardi, la luce dei fanali batte sugli arabeschi della tappezzeria. Italia viene a chiudere le persiane: di colpo la notte circonda il risvolto bianco del lenzuolo e quella tappezzeria di un verde profondo, scelta un mattino felice dalla giovane sposa (*questa* doveva aver detto la mamma, *questa*, sembrandole quel verde un meraviglioso futuro) diventa col buio una foresta di ombre. Anne Marie rigira il seme di lino sul fornelletto a spirito e intanto mi racconta la favola dei *Sette fratelli corvi*. L'ascolto con gli occhi pesanti di febbre mentre il gracidare degli infelici uccelli si confonde con il raschiare del cucchiaio nel pentolino. Guardo Anne Marie: nel viso meravigliosamente sospeso fra il biondo delle trecce il mignolo che la giovane sorella si taglia per trasformarlo nella chiave della loro salvezza sguscia fuori con goccioline di sangue. Dopo è la volta della favola del *Ginepro*, della matrigna che mozza la testa al figliastro chiudendogliela nel canterano e poi lo mette a sedere sulla porta di casa, la testa riavvolta al corpo con un panno. Anne Marie soffia sulla garza per raffreddare il seme di lino, io seguo i suoi movimenti, i gesti sicuri, lo spostarsi del suo corpo grande e solido dove nascono i suoni di tutte le favole della terra, e lo scricchiolio dei suoi passi mi dà un senso quasi selvatico di sicurezza. Uno sfinimento che è febbre ma è anche abbandono totale a quella forza consolatrice che durerà finché lei sarà lì con me, in quella stanza che non è la nostra ma che adesso possediamo insieme, io e lei.

L'impiastro si stende sul mio petto in una docilità repellente e il suo odore di pasta mal lievitata diventa quasi un sapore fra le labbra spaccate, arse. La sua mano mi raccoglie dalla fronte i capelli sudati, il cuore mi batte nel collo, caldo di febbre e di tutto quel sangue sgorgato dal canterano. Ma lei è lì, e se allungo la mano posso appoggiarla nel suo grembo e attraverso la stoffa sentire il vigore del suo corpo. Il timbro stesso della sua voce è una corazza dietro cui rifugiarmi, gioire e patire raggomitolata in lei. Poi lentamente il sonno diventa più forte, un sonno torbido, pesante, rotto a tratti dalle dita della mamma che si insinuano fra il pigiama e il collo per sentire la febbre, dalla voce di Italia e la minestrina bollente, nauseabonda quasi scorresse giù dai mancorrenti metallici del tram. E nella luce schermata da un panno le invocazioni di Giannetto mi arrivano da una distanza faticosa e invalicabile, il suo lamento *a letto, a letto, a letto non vado...* urta contro il mio sonno, sbanda e si perde, cade nel vuoto come un corpo che scivoli in fondo a un crepaccio. Che posso io, Giannetto, cieca e sorda nella mia spossatezza.

All'alba la febbre era sul cuscino in una macchia umida di sudore e saliva, ripugnante come qualcosa di già corrotto; e il primo tram che affrontava la curva ne radeva via gli ultimi frammenti, resti di un torpore assetato, lunghissimo. Lo squasso delle vetture si prolungava nel silenzio e dall'angolo, appoggiata su una mensola, la piccola Madonna di Lourdes affiorava dall'ombra con il lindore spento e gessoso delle anime dei bambini morti senza battesimo, destinati, loro, all'incerto di spiagge nei mattini di nuvole.

All'altra estremità del letto la mamma dormiva ancora e dal folto dei suoi capelli si levava un respiro acquoso, vagamente piangente. Passavo e ripassavo le dita fra le ghirlande della testiera di noce del letto e i polpastrelli scivolavano sugli spigoli delle rose per incanalarsi lungo spirali imprevedibili, forre di un paesaggio aspro e dolce insieme. Accanto sul comodino, chiuso nel quadrante della sveglia, un vecchio seminudo si appoggiava alla palla del mondo fra cotoni di nuvole. È il Tempo, ha detto la mamma. Ma il suo battito apparentemente veloce era in realtà di una lentezza astrale: e l'andare e venire delle stelle, lo sgomento che provavo supina alla visione delle nuvole in cielo, si concentravano in quella posa maestosa di vegliardo, non avvilita, anzi glorificata dalla nudità. In lui si chiudeva quel mattino freddo e deserto nel silenzio della casa testimoniando di un tempo immobile, sempre uguale a se stesso. Io non avevo freddo, non avevo fame, non avevo più sete né alcun dolore, solo quell'immagine mi dava un senso insopportabile di vuoto come se il mondo su cui quell'uomo si appoggiava con tanta naturalezza, una semplice palla variegata di azzurro, facesse di noi, e di me in particolare, un infinitesimo di infinitesimo di granello di sabbia. E neanche il posto sottratto a papà, privilegio delle grandi malattie, poteva compensarmi della mancata visione dei rami di pesco sulle pareti della mia stanza, delle bambole ciondolanti i loro volti stupefatti nella prima luce del giorno.

Aspettavo. Tra le fotografie ritoccate con il pastello usciva dall'ombra l'altro ritratto, la testa biondissima e ricciuta di quel bambino a cui la mamma si era ispirata invano nelle gravidanze. Mai nato, usurpava con un sorriso a fossette e una bellezza da angelo l'ammirazione che a noi, seduti composti su un cuscino, senza ricci né sorrisi vittoriosi, veniva negata. Dal suo angolo volgeva verso di me il viso esageratamente tondo mentre le spalle nude, morbide e infantili, uscivano con prepotenza dalla penombra. Gli occhi di un celeste che sconfinava nel grigio mi fissavano carichi di malizia: un essere ultraterreno, subdolo, la cui pelle di un chiarore di perla si levigava sullo sfondo vellutato di azzurro.

E di colpo dalle sue labbra troppo rosse aveva inizio il processo di quella materia innominabile perché senza nome la cui conoscenza avveniva attraverso un procedimento al di là delle parole. Possente e delicata, tenera, assoluta, strisciava lungo il mio corpo occupando ogni spazio, ogni spiraglio, in me e fuori di me. Immobile nel letto mi concentravo per non sentirla improvvisamente ritrarsi e abbandonarmi al vuoto di quel mattino. Era il mio segno tangibile della felicità e con gli occhi chiusi la sentivo aderire nell'incavo del collo, tra le giunture delle dita. La sentivo in bocca vanificare ogni tristezza notturna.

3

Lo zio Nino arrotolava i capellini sulla forchetta poi li passava nel cucchiaio colmo di brodo, il gesto delle belle mani era semplice, naturale. Ma inimitabile. Dopo una domenica di pianto Italia lo serviva con accoratezza quasi avvolgendolo, al momento di cambiargli il piatto, in un abbraccio da cui si distaccava a fatica. Io e Anne Marie sedevamo in fondo alla tavola e la piccola spilla di marcassite brillava fra i due pizzi del suo colletto; e come ogni domenica sera il suo silenzio si faceva più vigile per l'attenzione di cui si sentiva oggetto. Il sorriso dello zio Nino era tenero, indulgente, il nocciola delle iridi che si diluiva nella sclerotica: nebulose vicende familiari gravavano sui tratti dalle occhiaie flosce, macchiate dalle cattive digestioni. Povero zio Nino che non aveva bambini e forse per questo aveva l'ulcera.

Per lui la mamma faceva preparare il pollo bollito e comprava i panini all'olio appena sdrucciolevoli al tatto. La mostarda di Cremona colava sull'avorio della carne ancora umida di brodo trasformandosi negli smeraldi e nei rubini di Sandokan; e mentre lo zio allontanava delicatamente il braccio di Italia a significare che ne aveva preso abbastanza, l'ironia, in un lampo, gli attraversava il viso a ridicolizzare la bruna virago imprigionata negli immacolati polsi alla moschettiera. Ma Italia non si accorgeva di nulla e felice del tocco di quella mano sorrideva, il neo pallido decurtato dei peli. Senza alzare la testa Anne Marie tirava presso di sé il mio piatto e mentre scalzava con il coltello la carne dall'osso del pollo, rispondeva a quello sguardo dall'altra parte del tavolo con un sorriso appena avvertibile ma inequivocabilmente complice. E la luce, scivolando sulla sua fronte bombata, ne accentuava il lieve solco appena spostato sul sopracciglio sinistro, come se al momento di saldarsi le due metà della scatola cranica non si fossero trovate perfettamente simmetriche.

Ma già Italia tornava con il piatto dei contorni e lo zio Nino, nel sospetto che nei fagiolini ci fosse l'aceto, li rifiutava con un breve cenno della testa, l'impeccabile riga di gesso appena distorta sul gonfiore del ventre. Impossibile riconoscere in lui il giovane signore dalle guance scavate e i grandi occhi malinconici che si appoggiava alla poltrona dove la moglie tondeggiava caparbia: bel sorriso bel seno bella broche.

Più tardi tirava fuori l'astuccio delle sigarette e sorrideva in quel suo modo garbato e condiscendente alla mamma che lo pregava di rimetterlo a posto, implorando lei con i dentini di un sorriso accattivante, la mano a sottrargli l'accendino di smalto blu. Ma già dal vano della porta emergevano le punte aguzze del viso di Letizia, gli occhi impavidi e bugiardi a giurare su sua figlia che in nessuno dei contorni lei aveva messo una goccia di aceto «può stare tranquillo, signor Commendatore» e dalla parananza trattenuta di lato per nasconderne le macchie, i suoi polpacci uscivano fuori stopposi, deformati dal lungo sostare davanti ai fornelli.

Anne Marie non riusciva a trattenere un gesto di rabbia e il coltello le sfuggiva di mano cadendo con un botto sommesso sul tappeto. Ma nessuno se ne accorgeva, tutti galvanizzati dalla inattesa visione dell'autrice della cena, di quel crème caramel in attesa sul buffet, tremolante sotto un velo lucente di zucchero d'orzo. E il rossore si riassorbiva nel collo di Anne Marie, succhiato via dalla vena palpitante al di sopra del suo fiocchetto di marcassite.

Aveva un modo lo zio Nino di rivolgerle la parola che sembrava contenere intenzioni e interessi particolari. In quei momenti, anche se chiedeva ad Anne Marie soltanto di passargli il sale, lei arrossiva. Alle domande che sembravano tener conto del suo essere donna, dolce consapevolezza, rispondeva maldestra straziando in una aberrante disarmonia le sue corde vocali. Mi veniva voglia di piangere. Piangevo. Allora lo zio Nino diceva «È stanca, fatela andare a letto». Anne Marie si alzava abbandonando il tovagliolo vicino al piatto e già nell'ombra del corridoio aspettava che terminassi la cerimonia della buonanotte, i tratti come sbiaditi nella forzata accettazione di quanto ancora poteva sopravvenire a quel teatrino a cui era dovere assistere. E che poteva prolungarsi, o avere pause e deviazioni impreviste.

Ma l'importante era aver mangiato la pelle del pollo. La mamma sì, avrebbe permesso che la lasciassi nel piatto e Anne Marie avrebbe dovuto chinare remissiva la testa. Ma i suoi monosillabi e i gesti sbrigativi, il suo bacio senza labbra, sarebbero stati un'infamante chiusura domenicale. «Warum hast du geweint?» mi chiedeva togliendomi la vestaglia di lana dei Pirenei. Alzavo le spalle: perché avevo pianto? non lo sapevo. Sciocca, mi diceva, così non hai mangiato il dolce! e chiusi gli occhi congiungeva le mani per cominciare subito la preghiera. Era stufa, la luce del comodino sfiorava l'orlo chiaro delle ciglia mostrando la rete sottile di capillari sulle palpebre e lei recitava la preghiera in fretta, troppo in fretta, mangiandosi quasi quel "Jesuskind" per arrivare di corsa alla fine.

«Voglio bere» avevo allora detto rimettendomi seduta sul letto. Le sue mani ancora congiunte si erano irrigidite fino a mostrare il bianco delle nocche: no, hai bevuto abbastanza, mi rispondeva. «Ma io ho sete» avevo replicato lamentosa. Per tutta risposta mi aveva spento la luce sul comodino. «Voglio bere!» il tono era cresciuto. «Kein Wasser mehr, Schluss!» e raccattate le mie pantofole se ne stava andando. Avevo buttato per aria le coperte «Voglio beeere, voglio beeere!...» le bacchette di ottone del letto vibravano e gemevano e sotto quello sguardo che mi sfidava il mio grido cresceva si ripercuoteva in cucina in sala da pranzo al piano di sotto e già le seggiole stridevano sul pavimento e voci si levavano in apprensione. «Gut!» più che una parola era stato un soffio rabbioso: dalla porta rimasta semiaperta vedevo adesso la luce del corridoio battere sulle losanghe del parquet.

Era tornata con in mano il bicchiere e nello scarso chiarore del corridoio me lo aveva rovesciato fra le labbra. L'acqua era grondata giù lungo il mento. Evitavo di guardarla: l'ira repressa la gonfiava come un liquido urticante mentre continuava a spingermi il bicchiere ormai vuoto fra le labbra, rivoli mi colavano gelidi tra la maglia e la pelle e il vetro batteva contro i denti. La mano che stringeva il bicchiere era adesso spessa, pesante come fosse fatta di fango.

Il colpo della porta richiusa è rimbalzato nel buio: se ne è andata. Ma dalla porta che dalla mia camera dà sulla sala da pranzo filtra un orlo di luce e posso sentire le voci miste a un brusio di posate nei piatti. È una porta destinata a restare sempre chiusa e davanti, di traverso, è stato piazzato il pianoforte. È quello il mio luogo segreto e là mi sono diretta schiudendo l'anta dietro al pianoforte. Dallo spiraglio la vedo, lei è in piedi di fronte al suo posto, il pranzo è finito e sta ripiegando il tovagliolo, la luce batte sulla cute dove si spartiscono i capelli per formare le trecce. Anche le sorelle si sono alzate per dare la buonanotte. Al di sopra del pianoforte lei deve aver visto la porta socchiusa ma lo sguardo non svolge alcuna indagine per individuarmi. Non mi vede e non vuole vedermi. Le sorelle baciano lo zio e lui le carezza sulla testa; quando arriva il momento di salutare Anne Marie, contro ogni regola, le prende la mano trattenendola nella sua. La stringe come avesse catturato un uccellino mentre Anne Marie socchiude fra le palpebre un orlo azzurro di lusinga.

Italia ha cominciato a sparecchiare e lo zio Nino è andato a sedersi con la mamma e papà in fondo alla sala da pranzo, nell'angolo opposto al mio. L'ombra scivola sul busto piegato in avanti e la mano che regge la sigaretta accompagna il discorso in un lucore di unghie: lo zio Nino va dalla manicure. Il cranio traversato da un leggero strato di capelli, fili lunghi rigirati con sapienza a dare l'illusione di una capigliatura, è lindo, carnoso. La mamma gli offre dei cioccolatini ma lui rifiuta con una vaga smorfia di dolore. Solo con lui la mamma usa in quel modo della sua voce, un tono lieve, incredulo, che le affossa due piccoli buchi nelle guance come nella fotografia da ragazza con i chiari vestiti mossi dal vento di mare.

Anne Marie è tornata per aiutare Italia a rimettere a posto le posate nel buffet. I suoi movimenti sono calmi, minuziosi, e anche se avverte gli occhi dello zio posati con insistenza su di lei non distoglie lo sguardo dal suo lavoro. È così vicina che posso sentirla contare a fior di labbra mentre ripone cucchiai e forchette, ma non riesco ad agganciare il suo sguardo. Né il pesticciare dei miei piedi sul parquet né le dita che insinuo nella fessura tra il piano e la parete riescono ad alterare uno solo dei suoi gesti per arrivare al cassetto in alto dove sono riposte le posate. Il braccio si solleva nudo dalla mezzamanica e tondeggia lento: io non esisto.

Laggiù nell'angolo la cenere si sbriciola sui pantaloni a "riga di gesso" e lo zio la scrolla via senza distogliere lo sguardo da quel braccio quasi le pupille nocciola non appartenessero alla persona che affabilmente conversa ma fossero degli ospiti nel suo viso, latori di messaggi nostalgici.

Ma io sono lontana dalla rassegnazione di Peter Pan che guarda muto fuori dalla finestra la sua mamma cullare un altro bambino. Dal mio spiraglio lancio continui segnali, è impossibile che non mi senta. Di lei posso distinguere ogni particolare: la cintura con la fibbia di osso, la leggera traccia di rossetto sulle guance, e mentre se lo era sparso, quel rossetto, con un batuffolo di cotone davanti allo specchio, io e lei avevamo scherzato, Anne Marie mi aveva lasciato giocare con una delle sue trecce ancora penzolante sulla schiena.

La mia mano è adesso tutta infilata nella fessura e tamburello con le dita contro il legno: ma potrei battere più forte, sempre più forte, attenta

Anne Marie… Passa Italia e incrocio i suoi occhi cerchiati, tristi di domenica. Mi fissa spaventata e con il mento mi fa cenno di andarmene da lì, tornare a letto. Io non le do retta e le dita avanzano come tentacoli sul legno lucido del piano, le agito come in un gioco. Ma posate sul vassoio le forchette che tiene ancora in mano, Anne Marie si gira volgendo verso l'angolo opposto al mio il viso raccolto nella dolcezza richiesta da quell'altro sguardo, là in fondo tra la mamma e papà. E con un movimento improvviso, pesante di tutta la forza del corpo, spinge con la schiena il pianoforte fino a incastrarlo completamente nell'angolo. Fino a chiudermi nella mia trappola polverosa.

4

Il professor Sederol suonava alla porta principale. La scampanellata discreta aleggiava nella penombra del pianerottolo intorno alla palandrana del soprabito, lunga e lenta. La giornata finiva. Raccoglievo, riordinandole, le matite sparse sul tavolo.

Il professore si toglieva il soprabito e lo appoggiava sulla cassapanca dell'ingresso mentre Italia gli accendeva la luce in sala da pranzo dove il tavolo era stato spostato per liberare il tappeto al centro. Noi entravamo: scalze, riottose, la pancia sporgente nei costumi di maglia blu orlata di rosso, e subito lui dava il via allo schiocco delle dita, arte nella quale era maestro non meno che nella respirazione imparata tra le nevi piatte della sua terra dove l'Europa si chiude fra i ghiacci. Il professor Sederol era svedese.

Ma quello schiocco abile, fluido, al galoppo, era come uno di quei meccanismi il cui frenetico movimento non corrisponde a nessuna progressione adeguata. Veloce solo in apparenza non faceva che dilatare i minuti, li potenziava, dava loro una nuova sfibrante entità. Piegata in terra, in piedi, di nuovo piegata, il sapore dello zabaione della merenda mi tornava in bocca con il dolciastro del marsala. Un capello sfuggito alla nera crocchia di Italia, o un seme secco di limone, rappresentavano già una variante e li seguivo con lo sguardo fino a quando, a pancia sotto sul tappeto, non arrivavo a soffiarli via fra gli arabeschi rosso cupo tessuti dalle donne del Bukhara.

Il professor Sederol non sgridava non alzava la voce non rideva e non fumava, ritto vicino all'imponente buffet intagliato da un artigiano fiorentino contava fino a una cifra prestabilita, sempre la stessa, e nel viso levato sopra di noi i sottili cerchi degli occhiali concludevano un ordine immutabile dove la luce si concentrava sulle iridi di un grigio già prossimo al castano, remote dietro lo spessore delle lenti.

Il suo stesso nome, Sederol, che avrebbe potuto suggerire infinite divagazioni, si decantava nella regolare bellezza dei lineamenti appena appassiti dall'età. Perfino visto capovolto ci sovrastava immutabile inquadrandosi fra i cassettoni del soffitto, e impassibile assisteva allo spasimo del "ponte". Ai suoi lati le due teste di leone, impresse nella vetrata che separava la sala da pranzo dal salotto, rilucevano di un oro fino e pallido irraggiando fra la tappezzeria di damasco rosso la derelitta tristezza del *Piccolo vetraio*. E mentre i muscoli si tendevano e tremavano per raddrizzare le scapole alate, la storia del bambino che con i polmoni consumati dal calore dei forni continuava a soffiare nella pasta di vetro, si configurava con la sfibrante fatica di quell'immutabile ordine, regola delle ore buie e dello sfinimento.

A controllo del buon rendimento delle sue prestazioni, a fine ora, il professore afferrava i nostri gomiti e con la calma e la perseveranza apprese nel suo paese di aurore boreali li portava a congiungimento dietro la schiena. Quando arrivavano a toccarsi con un leggero suono di nacchere finalmente sorrideva, un sorriso mite tutto concentrato nel breve spazio delle lenti. E dava il via libera alla corsa sulla greca intorno al tappeto, cinque, sei volte il giro della stanza fino ad avere il fiato corto.

Un pomeriggio pianse. Eravamo in ingresso perché Italia stava passando l'olio sui mobili della sala da pranzo. Forse era il luogo diverso, precario, con il portaombrelli e le galosce nere vicino alla porta. O un'improvvisa stanchezza. Si era seduto sulla cassapanca e dai pantaloni, oltre i calzini, spuntava un inizio di polpaccio bianchissimo con radi peli scuri. Per via delle lacrime aveva dovuto togliersi gli occhiali e lo sguardo, sgomento di una libertà che voleva dire nebbia e contorni imprecisabili, vagava appresso alla fotografia della sua unica figlia mentre passava da una mano all'altra. Rappresentava una ragazza appoggiata alla recinzione di una piattaforma sul mare – una bellissima ragazza, aveva detto la mamma – e io guardavo delusa quel corpo in un costume da bagno del tutto simile ai tanti che vedevo sulla spiaggia di Ostia. La cuffia di gomma chiara, allacciata sotto il mento, incorniciava un viso aggrondato per il sole. Ma era proprio la banalità dell'immagine a agire da catalizzatore, contaminata così com'era dalla morte, e cercavo un particolare, delle stigmate, che già sulla fotografia ne predicessero la rapida fine.

Era morta a vent'anni, di tifo, per aver mangiato dei frutti di mare. «A Capri» lui aveva detto, gli occhi luminosi e ciechi mentre sulle ginocchia il portafogli rimasto aperto sembrava la luttuosa copertina di un messale. Si soffiava il naso in un grande fazzoletto a scacchi e il viso, già carente del rigore degli occhiali, si alterava scomposto da un'operazione così grossolana. Era inverecondo come una statua greca a cui avessero disegnato i capezzoli e mi dava la stessa ansia dei disegni incomprensibili ma comprensibilmente osceni che scorgevo a volte graffiati su un intonaco. Lo guardavo curiosa; e nello stesso tempo avrei voluto chiudere gli occhi.

La balia poteva anche piangere e così suo marito Sandrino, ma il professor Sederol, che intravedevo sul pianerottolo nel silenzio del suo lungo soprabito, occupava uno spazio dove ogni cedimento era assente. Mani, viso, corpo, avevano la compiutezza di certi quadri dove nulla è concesso alla fantasia. Ora l'armonia dei segni aveva subìto un tracollo e il nostro rapporto, contrassegnato da una noia senza infelicità, risultava sconvolto. Le sue lacrime davano vergogna, erano penose senza che riuscissi a provare pietà.

«Dài, fai vedere...» poco mancava che la fotografia andasse in pezzi sotto la spinta di una curiosità quasi rabbiosa.

C'erano morti e morti. Guido di Fongalant era per esempio un morto asettico. Bastava non emularlo nel suo trasporto per le chiese e i tabernacoli e frenare con prudenza ogni possibile curiosità riguardo alle gioie del Paradiso. Tutti i protagonisti del libro *I Bambini Santi* erano afflitti da tare che direttamente connesse alla loro bontà li portavano a una fine precoce. "Muore giovane chi al Cielo è caro" stava scritto su un santino di Italia in memoria di un nipote morto tubercolotico a sedici anni. Loro, i Bambini Santi, attendevano e presagivano la loro morte, e appena raggiunto l'ambito traguardo della Prima Comunione si apprestavano a mani giunte a concludere in fretta un'esistenza priva di interesse. Senza rimpianti ma rallegrati da visioni di future beatitudini celesti, incomparabilmente più attraenti delle bambole e delle automobiline di Villa Borghese. O delle matite colorate.

Ben diversa era la morte di Paulinchen e del figlio della balia. Quel bambino era corso lungo il corridoio mandando gridolini di gioia e il padre lo aveva rincorso afferrandolo perché non scivolasse sulla cera dei pavimenti, lui aveva scalciato, ridendo. Io gli avevo dato da bere e la testa ricciuta non arrivava all'acquaio, le mani si erano chiuse paffute intorno al bicchiere. Aveva bevuto gorgogliando, trafelato dalla corsa. E poi una sera Sandrino era arrivato senza le uova e noi avevamo dovuto dargli un cuscino delle bambole da mettere nella bara. Una bara tutta bianca, aveva detto Anne Marie, e in piedi nell'ingresso di servizio Sandrino piangeva con i vestiti in disordine. Nessuno aveva pensato ad accendere la luce e nella semioscurità stagnante degli odori della cucina lo avevamo guardato mentre cercava di avvolgere il cuscino in un pezzo di giornale, le mani grosse e scure che gualcivano tremando i merletti della federa.

La morte di Gesù era invece una morte tutta particolare. Intanto perché avveniva ogni anno, il Venerdì Santo. Madre Gregoria seduta sullo sgabello ci illustrava le figure dove Gesù vestito di rosso saliva al Calvario, veniva spogliato, frustato e incoronato di spine e infine inchiodato sulla croce fra due ladroni. Uno buono e uno cattivo. Era lo stesso libro dove la Regina di Saba viaggiava fra i veli del suo baldacchino fastoso. Madre Gregoria lo sollevava aperto facendolo ruotare lentamente in un grave silenzio. Nessuno piangeva, qualcuno faceva una domanda. Poi livido, a figura piena, il velo si squarciava nel tempio e i soldati intenti a dividersi le vesti di Gesù fuggivano terrorizzati, i lampi traversavano il cielo color lavagna. Ma nessun cataclisma turbava la luce del porticato fuori della veranda e sull'indice della mano di Madre Gregoria il suo anellino di sposa di Cristo brillava nel sole primaverile. Solo qualche passaggio di nuvole poteva a tratti rendere discontinua l'ombra del cerchio della pallacanestro sulla ghiaia rastrellata.

Quando uscivamo il Gesù del vestibolo era coperto da un panno viola che si impennava sul dito levato a benedire. Ma ogni volta che il portone veniva aperto, la corrente d'aria, sollevando il panno, scopriva i piedi nudi e esangui sul piedistallo. L'Astura scivolava lungo gli alberi fitti di gemme inseguita dallo stridere del tram, passava per Villa Borghese e sui prati vedevo i cani correre appresso a un sasso. Era inutile spingersi le unghie nel palmo della mano fino a lasciare il segno, non serviva a niente. Una stolida insensibilità gravava sulla coscienza: Gesù incoronato di spine, Gesù frustato a sangue, Gesù inchiodato sulla croce non faceva piangere come Paulinchen, non dava neanche sgomento come la morte di Danilo. Seguivo con lo sguardo il triciclo del gelataio rutilante di argenti.

Soffriva Anne Marie per la Passione di Cristo? Il Venerdì Santo lei digiunava e quando tornavo da scuola era già uscita da un pezzo; ma questa volta tutti sapevano che era andata alla funzione delle suore tedesche di via dell'Anima. Anche la mamma era fuori. Portandosi appresso l'inginocchiatoio lei faceva tutto il periplo di Santa Maria del Popolo con sosta a ogni stazione della Via Crucis; e grazie alle giaculatorie riscattava un numero incredibile di giorni altrimenti destinati alle fiamme del Purgatorio. Al ritorno, impresso nella carne delle sue belle ginocchia, potevo vedere il disegno della paglia intrecciata dell'inginocchiatoio. Ma chi soffriva di più era certamente Italia che saliva ginocchioni tutta la Scala Santa posando, a ogni gradino, un rosario di olive del Getsemani sotto le sue rotule sporgenti.

Nel silenzio di un sole che slittava sui pavimenti a cera sarebbe stato così bello piangere per Gesù, avere orrore e compassione delle sue piaghe. Poggiavo i pugni sugli occhi ma tra gli interstizi delle dita una luce rosata palpitava in infiniti giochi. Una colpevole indifferenza si rifletteva negli specchi in camera della mamma dove scatoline di rossetto e di rimmel rotolavano allegramente nel cassetto tra un imprecisato numero di matite per gli occhi mentre lontano, appena percepibile, il grammofono di qualche "massone" suonava una festosa marcetta. In cucina Letizia rammendava i canovacci, le corte gambe aggrucciate alla traversa della seggiola, destinata lei a restare in casa perché quella smorfiosa della "froila" potesse andare a gargarizzare un po' di litanie con le tedescacce sue pari. «Anne Marie» dicevo «non è tedesca, è altoatesina.» «Che parla?» chiedeva sollevando gli occhi dal lavoro, l'ago ritto e minaccioso tra le dita «tedesco! e allora è tedesca!»

E Anne Marie con le guance rosse per la camminata sbucava dall'angolo di via Romagnosi contenta e di buon umore quasi ormai la Passione compiuta e Cristo riposto nel sepolcro, si potesse tornare finalmente a sorridere. E mentre mi lavava in bagno, cantava. Questa volta era un canto gregoriano modulato a seconda dei suoi movimenti, gracile all'inizio quasi fosse tratto dalle corde di una chitarra giocattolo, si strozzava poi nella ricerca del sapone in fondo alla vasca. Ma là, dove avrebbe dovuto levarsi alto negli svolazzamenti dell'accappatoio, la voce non arrivava, rauca abortiva, stupenda e unica, in una serie di stecche. Uno spreco inusuale di borotalco.

Non piangeva mai Anne Marie. Quando la mamma le faceva un'osservazione la fissava ostinata e innocente. Anche di fronte alle angherie di Letizia i suoi occhi restavano asciutti e solo le pupille, dilatandosi in un buio minaccioso che si mangiava tutto l'azzurro, la facevano inaspettatamente discendere da quegli esseri occulti che popolano i sabba nordici. Mi meravigliavo che Letizia non cadesse a terra stecchita.

Non aveva pianto neanche quando aveva saputo della morte di sua nonna ma aveva tirato avanti la giornata senza fiatare, solo verso sera, di ritorno da Villa Borghese, si era fermata nella chiesa di Santa Maria del Popolo. Inginocchiata con il viso fra le mani aveva lasciato svanire nel fondo gli ultimi passi mentre io restavo nella contemplazione della sua schiena immobile nel blu del cappotto.

Era tardi: la Madonna piccola e scura, oppressa dai gioielli, brillava fra l'oro dell'Altare Maggiore stringendo fra le braccia un Gesù Bambino più simile a una bestiolina. Passava il sacrestano ciondolando il mazzo delle chiavi, era lo stesso che la domenica mattina ci sbatteva quasi addosso il bussolotto delle elemosine facendolo scorrere lungo i banchi, ora tra le navate vuote rumoreggiava strascicando un grembiulone nero, i radi capelli bianchi in disordine. Ma Anne Marie non si era mossa, i tortiglioni delle trecce nascosti dal cappello: solo le mani violacee di freddo le appartenevano ancora. Sentivo il bisogno di toccarla, di verificare che fosse sempre lei e dissipare un malessere tanto simile alla paura. Paura dei Santi e di Dio, di un Paradiso di cui quella chiesa prefigurava così tetramente i fasti. Fissavo al centro della navata le figure scolpite nel pavimento e logorate da una eternità di passi: visi senza più naso, più labbra, palpebre appena segnate e bocche ridotte a una impercettibile fessura quasi la pietra stessa se li succhiasse via lentamente. Intorno a me, nella notte delle cappelle, lembi di pittura spiccavano con il pallore malato dell'avorio. Dove, come, questa bellezza che mi sfuggiva: una polverosa antichissima tragedia imprigionava quei volti drammatizzati dalla folgorazione divina. Avevo toccato la schiena di Anne Marie: «Andiamo?». Eravamo rimaste sole.

Non mi aveva sentito e avevo ripetuto la domanda in tedesco, le sue dita allora si erano sciolte liberando uno sguardo appena perplesso, ancora perduto nel buio in cui lo aveva tenuto rinchiuso. «Gehen wir?» avevo ripetuto più forte. Come se riemergesse da un lungo sonno si era alzata a fatica facendo gemere e scricchiolare il legno del banco e i suoi tacchi avevano poi calpestato con sonnambula indifferenza le figure dei vescovi e dei guerrieri che lastricavano la navata. E mentre si avvicinava alla pila dell'acqua santa, avevo insinuato la mano nella grata del monumento funebre ricavato nella parete di fondo. Rappresentava uno scheletro a mezzo busto e il buio ne assottigliava i carpi e i metacarpi ipocritamente congiunti sul petto mentre, tra le pieghe opulente del drappeggio, il cranio di marmo luccicava con riflessi di zafferano. Avevo allungato le dita fino ad arrivare alla doppia corona dei denti e sotto i polpastrelli avevo sentito quello strano sorriso orizzontale, gelido, eterno. E forse la Bellezza era questa, non chiome ricciute e fluenti, labbra tonde, umide nel sorriso, ma la perfezione della morte. La sua fredda, lucida sublimazione, questo *il tesoro al riparo dai ladri e dalle tignole*. Cercavo di esorcizzarlo, catalogandolo: «Chi è, una suora?». Aspettavo una conferma che già sapevo di non ricevere. Alla mia domanda ogni volta Anne Marie rispondeva alzando le spalle: non leggeva il latino, lei. Forse sì, una suora, o magari una principessa. La sua mano umida di acqua benedetta mi tirava via, e mentre la porta imbottita si richiudeva alle nostre spalle con un soffio sommesso già correvo giù per i gradini, irrompevo nel ventaglio di voci e di colori della piazza, evitata e insultata da un garzone in bicicletta, e subito riagguantata da Anne Marie. Viva io, e forse chissà, anche eterna.

Le suore. A loro era riservata la Morte e Resurrezione, la Gloria dei Santi. Bastava un telo da stiro legato intorno alla vita e un altro fermato sotto la gola da una spilla da balia per diventare come una di loro; a complemento dell'opera Italia mi prestava il suo rosario di olive del Getsemani.

Allineavo le bambole sulle seggioline azzurre cercando di farle restare diritte contro la spalliera. Dalla finestra aperta un lieve spiffero primaverile batteva sui ricci di celluloide, sui visi scoloriti e martirizzati, sollevava il fazzoletto del mio altare improvvisato dove la bottiglietta raffigurante la Madonna di Lourdes irradiava una debole opalescenza, la nera corona avvitata a tappo per la buona conservazione dell'acqua miracolosa sgorgata dalle rocce alle pressanti preghiere della pastorella Bernadette.

Era il mio momento. Spiavo l'appartamento di fronte dove dalle colonnine di un balcone simile al nostro sbucavano dei polverosi germogli di geranio. Sapevo quanto illusorio fosse sperare di vedervi comparire Regina; ma forse qualcuno che la conosceva avrebbe potuto raccontarle quali meravigliosi giochi erano concessi a noi bambini cristiani. E un giorno, spinta dalla curiosità, forse Regina si sarebbe affacciata al balcone, i boccoli lunghi sul davanzale.

Una finestra veniva spalancata e io avevo un sussulto, la tenda sfuggita all'aria ondulava ombre lievi di garza. Guardavo immobile, le dita strette ai grani del rosario: una cameriera era comparsa nel vano reggendo fra le braccia un fascio di giornali. Avevo subito congiunto le mani in preghiera cominciando a recitare le giaculatorie di fronte alla mia Madonna di vetro. La cameriera, montata in piedi su una seggiola, si era messa a pulire i vetri dandomi la schiena.

Dal garage di sotto arrivavano le voci dei ragazzi che riparavano le macchine all'aperto e il tram aveva affrontato la curva scaracollando sulle rotaie. Io mi inchinavo e mi rialzavo, tornavo a chinarmi e un odore di bucato si levava dai teli da stiro mentre il rosario colpito dal sole riverberava riflessi guizzanti sul soffitto. Letizia e Italia mi guardavano, ferme sulla porta della stanza. Le sentivo ridere. Non chiedevo di meglio e prostrata fino a terra lasciavo scivolare le dita sui grani del rosario, biondi, ruvidi, penitenziali. Inventavo parole insensate e lunghissime stupita io stessa della voce cantilenante che mi usciva dalla gola, e più loro ridevano e più mi prodigavo per farle ridere. Il sole mi arrivava addosso, sudavo.

Ma come avevo potuto dimenticarla... Si era fatta largo fra Italia e Letizia, la spazzola dei capelli ancora in mano: «Non bisogna scherzare sulla religione!». Come una lunga coda venuta improvvisamente alla luce una treccia le pendeva ancora semidisfatta sul petto, mentre con uno strattone mi tirava via dal mio altare. Nella casa di fronte la cameriera, sempre in piedi sulla seggiola, si era voltata a guardare. «Ma è brava, è proprio brava» aveva detto Letizia. Anne Marie si era girata torcendo il collo gonfio e rosso, le dita serrate intorno al mio braccio: «E voi basta! non si deve ridere di questo». «E chi ride» Letizia la guardava ironica «questa, monaca ci finisce davvero!»

Avevo strappato via il telo dalla testa: *destinata fin dalla fanciullezza* dicevano di santa Teresa di Lisieux. Ma la spilla della gonna non si apriva, sentivo le dita sudate scivolarci sopra. «Was machst du denn jetzt?» mi chiedeva rabbiosa tentando di fermarmi la mano. Senza darle ascolto avevo continuato a tirare: ma la stoffa resisteva, ero tutta accaldata. Si era allora chinata all'altezza della mia vita, la treccia mi dondolava sul viso, sentivo la tela che cominciava a cedere. «Hör auf» mi aveva ordinato «warte doch!» Ma io non potevo aspettare. Avevo dato ancora uno strappo, l'ultimo, e il telo lacerato era scivolato giù per le gambe. Ero libera.

Lo schiaffo mi aveva colpito in pieno viso. Forse giusto come la giustizia di Dio a cui non si deve chiedere rendiconto. Qualcosa però mi aveva ferito il labbro, sentivo in bocca il sapore metallico e drammatico del sangue. Lo succhiavo piena di compassione per me stessa; ma tra le lacrime individuavo il bagliore dell'oggetto che mi aveva colpito, qualcosa di assolutamente nuovo e sensazionale. Avevo smesso di piangere. Un silenzio di attesa aveva invaso la stanza, la casa, la strada. Ora lo vedevo bene: Anne Marie aveva un anello.

Italia e Letizia erano scomparse e la Madonna di Lourdes, rotolata giù dal suo altare, perdeva dal tappo gocce opache e miracolose. Stretta in un calice di uncini d'oro un'acquamarina spuntava dal dito di Anne Marie in tutta la sua indecifrabile bellezza. Il suo splendore, mirabile fondo di oceani, mi ammutoliva come l'apparizione del terzo occhio di una divinità.

5

L'acqua picchiava sui finestrini proiettando l'ombra delle gocce all'interno dell'Astura mentre dal panno dei sedili saliva un odore di polvere, diventava un sapore. La zia Pia, stanca di raccontarmi storie lacunose a cui dovevo continuamente suggerire un seguito, faceva finta di dormire stringendo i guanti fra le dita rovinate dallo sbucciare i piselli e le patate, non avendo lei Letizia né tantomeno Italia. Era povera, e appallottolata nella pelliccia crespa, opaca come la capigliatura dei negri, respirava con un breve rantolo in balìa del suo incerto destino. Apparteneva lei alle zie di seconda mano permanentemente disponibili per tutta una serie di piccoli favori in cambio del riconoscimento della loro precaria parentela. Sedeva ora nel tepore della macchina chiusa dietro i due piccoli fanali spenti degli occhiali con l'impassibilità di un vecchio gatto, e se toccata sulla pelliccia o addirittura sfiorata sulle dita, non dava segni di sorta, disposta lei a passare la notte sui sedili dell'Astura se questa fosse stata la volontà di Dio.

Mi lasciavo scivolare sulla pelle di capra stesa

sotto i sedili, la carezzavo contropelo sollevando una polvere selvatica di vecchia concia e china tra le larghe chiazze devastate dai piedi aspettavo che passasse un tempo decentemente lungo perché, rialzandomi, potessi vedere dal finestrino la mamma che tornava. Risalivo lenta fino a scorgere la punta degli ombrelli, facevo una pausa, mi sollevavo ancora fino ad arrivare a vedere i volti dei passanti. Alla fine dritta in piedi giravo la testa a destra e a sinistra fin dove lo sguardo poteva arrivare: nulla, i cinque minuti della mamma, spazio insondabile e eternamente variabile, si perpetuavano fra gli schizzi sollevati da altre macchine e le mantelle lucide d'acqua.

Neanche Francesco mi dava retta. Oltre il vetro divisorio leggeva *La Domenica del Corriere* sfruttando la scarsa luce del lampione mentre il suo berretto, rovesciato sul sedile, mostrava all'interno l'unto dell'uso. Ricominciavo allora da capo, e questa volta cercavo di prolungare il tempo in cui accucciata tra i sedili vedevo solo le scarpe della zia Pia incrociate sui peli ispidi della capra. Nere e corte strizzavano le caviglie pesanti nelle calze grigie: le guardavo a lungo nella certezza che poi, per premio, avrei visto la mamma venire verso la macchina sotto la cupola viola dell'ombrello. Ascendevo lenta lungo le gambe della zia che formavano con il ginocchio un unico blocco, fino ad arrivare alla rassegnazione dei pollici congiunti sui guanti, le unghie spesse e martoriate da antichi giraditi. La mia certezza vacillava, anzi non ero più certa affatto, e lo sguardo si perdeva sullo zampillo della pioggia nelle pozzanghere. Esausta cominciavo a sbuffare, soffiavo dal naso, dalla bocca, ventilavo la veletta sul viso della zia Pia perché si accorgesse, finalmente si accorgesse anche lei, di quanto insopportabile fosse quella incertezza. «Buona, sta' buona...» lei diceva sollevando per un istante le palpebre sul celeste paludoso degli occhi.

Contavo a voce alta. Contavo i bambini che passavano e quando ne avessi visti passare dieci allora la mamma sarebbe tornata. Avrei anche dovuto vedere un uomo con la barba. Passavano i dieci bambini, passava l'uomo con la barba, passava perfino un prete, e quando finalmente la mamma arrivava era ormai troppo tardi, non aspettavo più. Sdraiata sugli strapuntini avevo lasciato che una apatica indifferenza accomunasse la sera, la luce dei lampioni, la pioggia e la zia Pia. Impassibile ero rimasta a guardare le gocce sul finestrino, scosse dall'avvio del motore, sbandare improvvisamente di lato mentre i lampi di altri fari proiettavano la grata della veletta sul viso della mamma: sotto il bagliore degli occhi quella bocca, che spiccava con la pienezza di un geranio, si apriva in un sorriso la cui empietà non mi feriva più.

Dopo era la luce dell'androne, la scala ricoperta da una guida fangosa di impronte. Domenico usciva dalla guardiola per aprire l'ascensore, ancora la mamma aveva qualcosa da chiedergli, la conversazione si prolungava davanti alla porta aperta. Io sapevo solo che Anne Marie mi avrebbe spogliato veloce, sommaria, in un silenzio gravato di riprovanti giudizi. Senza spazio per alcuna tenerezza.

In cucina Letizia colava l'olio dalla padella in una tazza dal manico rotto. «L'hai visto?» mi chiedeva sollevando la testa «è di là, in guardaroba.» «Chi?» «Vai a vedere...» Mi ero affacciata sulla porta: l'uomo era in piedi, vicino al tavolo da stiro, tanto alto che la testa folta di capelli quasi sfiorava il lume a piatto. Se ne stava tranquillo con le mani incrociate dietro la schiena a contemplare l'ascensore scendere gemendo lungo le transenne, i pantaloni, troppo larghi, che avevano in fondo un esagerato risvolto. Finalmente lo vedevo! Ma non arrivavo a combinare insieme le componenti del suo viso e lo guardavo senza prenderne conoscenza come se avessi avuto davanti un libro aperto alla rovescia. Il cuore mi batteva e fissavo quei lineamenti di cui mi sfuggiva ogni fisionomia, niente mi avrebbe permesso di riconoscerlo, avrebbe potuto andarsene e io non ritrovarlo mai più. La delusione era cocente, totale, avevo immaginato un Arcangelo con la spada fiammeggiante e quello che avevo davanti mi sembrava solo carne e ossa ficcate a caso dentro un vistoso vestito a righe. Mi aveva detto qualcosa, non avevo capito cosa, e le sue labbra si erano allargate in quello che sarebbe dovuto essere un sorriso. Io avevo visto solo dei denti mancanti. Uno, due, di più? Non lo avrei mai saputo.

Ero scappata, ero corsa a cercare Anne Marie. L'avevo trovata in bagno che riordinava gli asciugamani e per prendermi in braccio aveva lasciato cadere quello che reggeva in mano. L'avevo stretta premendo la guancia contro la sua: tenui e precisi i capillari coloravano il disegno agognato, sentieri che si rigiravano gracili nella geografia del suo viso. Ma nello specchio dove ci riflettevamo abbracciate vedevo i suoi occhi sfuggirmi. Era il suo un sorriso dove si concentravano, inafferrabili, le immagini di una felicità che trascurando la mia pena e la mia stanchezza, il ritardo, escludevano ogni mia partecipazione.

Ma gli eventi precipitavano. Eravamo al giardino del Lago e incrociavamo il venditore di palloncini. La tiravo per un braccio ma lei scuoteva la testa: «Die Mutter will nicht». La mamma non vuole diceva, i palloni potevano scoppiare e ferire al viso. La mamma sapeva di una bambina che aveva perso la vista da un occhio. Quale bambina?

«Welches Kind?» insistevo. Anne Marie alzava le spalle come se dovesse ricordare e non ne avesse voglia. Com'è diventata cieca, insistevo, come ha fatto? La bocca di Anne Marie faceva una smorfia mentre tra le ciglia, tanto chiare da confondersi nella pelle, i suoi occhi sembravano dire: ma quale bambina, quale pallone... Ma io dovevo provocarla, metterla alle corde, dove era successo, chiedevo, qui, al giardino del Lago? Il racconto della mamma, già sospetto, veniva ora privato di ogni residua credibilità dalla noia scesa improvvisamente sul viso di Anne Marie. Lei in verità non aveva mai sentito una storia del genere, e le labbra che si schiudevano in un abbozzo di sorriso sembravano compatire la mamma e il suo fantasioso racconto.

«Ti prego Anne Marie, solo per oggi» ricominciavo lagnosa «für dieses Mal, nur für dieses Mal!». Mi guardava, sentivo che stava per cedere, un'arrendevolezza improvvisa sembrava aver smantellato ogni vigore e le labbra molli sui denti erano per la prima volta incerte, quasi sfinite. «Dài, ti prego!» già sapevo che avrei vinto. Anne Marie non aveva fatto a tempo a tirare fuori il portamonete che io già correvo in mezzo al viale dove ondulava il grappolo dei palloni.

«Rosso» avevo detto, «lo voglio rosso.» Dopo avermelo legato al polso Anne Marie gli aveva dato due o tre colpi, ridendo: era senza cappello e nel suo aspetto c'era qualcosa di trasandato come se si fosse vestita raccogliendo gli indumenti a caso dal cassetto. Uno dei lacci delle scarpe era sciolto e sfiorava la ghiaia. Folate di polline le si disperdevano intorno e i suoi gesti apparivano approssimativi, sbadati. Stringevo fra le braccia il mio pallone ma la mia conquista troppo facile si inquinava in un'aria di disarmo, di smobilitazione.

Attraverso il pallone la guardavo: tutto era del colore del vino: il suo viso, il corpo, la panchina su cui era seduta. Mi diceva di togliermi il paltò, che faceva caldo. Chiuse nella compatta morbidezza della gomma, più che sentirle, le sue parole le vedevo nel movimento delle labbra violacee. L'abbracciavo e attraverso il pallone le davo dei piccoli baci, facevo scivolare le dita sulla superficie tesa e attaccaticcia e ne usciva uno squittio scurrile come dalle trombette dei pagliacci. Ma all'interno agiva una sostanza misteriosa, torbida, percorsa da lampi di sole che rendeva ogni cosa remota, guasta: così la barca a secco nell'ombra, le papere a navigare in ventagli di luce, il rigagnolo dove correvano via sbilenche delle barchette di carta.

Ma era sempre lei che finivo per inglobare, per succhiare con la bocca a ventosa sulla gomma quasi Anne Marie fosse stata bevibile, colta così a sua insaputa mentre sedeva su una panchina, le mani abbandonate in grembo e il venticello fra i capelli. Era soltanto mia: mi piaceva l'ombra del mento, il suo collo appena riverso. L'abbracciavo e la leccavo, la chiamavo attraverso il pallone, non mi sentiva e si sfilava il golf allargando le braccia sulla panchina, la testa rovesciata all'indietro. Senza lavoro a maglia oggi, senza sillabe perentorie: un corpo grande, viola, inerte. Una palla rotolando le colpiva le gambe e dopo un attimo di esitazione la rimandava indietro con un calcio, quei lacci a cui dava uno sguardo ma poi li lasciava là a pendere tra la ghiaia.

Ero andata a sederle vicino e le avevo sfilato dalla borsa il libro di *Struwwelpeter*. Il pallone non mi interessava più, ero inquieta. Anne Marie aveva incominciato a leggere mentre io succhiavo il sottogola del cappello, la punta della scarpa che scostava i sassolini di ghiaia. Lei conosceva ormai le filastrocche talmente a memoria che gli occhi potevano abbandonare il libro e vagare distratti intorno. Io guardavo appena le figure, e se domandavo qualcosa non aspettavo neanche la risposta, assorta nel sapore dell'elastico in bocca. Era quella la mia cerimonia e le imprese del cattivo Friederich che strappava le ali alle mosche e frustava i cani, facevano solo parte del rituale introduttivo a cui era dovere assistere. Se aspettavo con pazienza era soltanto per arrivare a Paulinchen.

Ogni volta, forse in ricordo della mia prima ribellione, quando arrivava a quel punto Anne Marie smetteva di leggere e io giravo in silenzio le pagine immaginando le parole di fuoco e di morte tra i gotici segni della scrittura. Ma questa volta sarebbe stato diverso; e come era comparsa Paulinchen avevo bloccato la pagina. Un gesto perentorio, sicuro. Infrangevo una regola, ne imponevo una nuova. Anne Marie era rimasta un istante interdetta mentre la mia mano si spostava a liberare le righe.

«Paulinchen war allein zu Haus / Die Eltern waren beide aus...» Anne Marie accettava, i segni tornavano a essere parole. Guardavo le figure gualcite portare le tracce di un mattino già lontanissimo, un labirinto di giorni separava quelle lacrime dalla panchina dove ora eravamo sedute e con gli

occhi asciutti e ben aperti guardavo il lungo zolfanello acceso che Paulinchen agitava in alto in un gioco felice. Ascoltavo di nuovo la sua storia mentre le fiamme lambivano la gonna, alte e rossastre arrivavano ai capelli e lei levava le braccia in attesa di un soccorso che nessuno le avrebbe mai dato. «*Es brennt die Hand, es brennt das Haar / Es brennt das ganze Kind sogar!*» Senza batter ciglio fissavo la bocca spalancata in un grido che moriva nel fuoco e restavo poi in silenzio a contemplare le due piccole pantofole in fondo alla pagina.

Lo sguardo è tornato a posarsi su Anne Marie, sul gonfiore del seno nella camicetta chiara, sulle ginocchia appena divaricate. Su quel corpo dove sono impresse le parole di tutte le storie della terra. Le guance, la fronte, il colorito stesso di Anne Marie ne sono così compenetrati che Paulinchen non può esistere disgiunta da lei, come se Anne Marie la prendesse per mano e la portasse con noi a Villa Borghese. O la mettesse a sedere su una delle seggioline azzurre in camera nostra, la grande scatola dei fiammiferi in grembo.

Se avessi potuto dialogare con quella bambina, stabilire un rapporto, uno qualsiasi, avrei forse potuto dare una ragione al suo destino e trovare nella pietà consolazione e pace. Avrei potuto togliere al fuoco il suo orribile fetore di carne bruciata e dare anche a Paulinchen un posto in quel prato di angioletti morti dove le tombe sono piccole pietre bianche e i bambini vestono camicini di lino. Ma presenza muta lei abitava le nostre giornate come un'"intoccabile", ne sfiorava i gesti e le parole senza penetrarvi mai, la gonna e i capelli segnati dal fuoco come il marchio di una infamante malattia contagiosa.

Anche ora, seduta sulla panchina vicino ad Anne Marie, ogni sentimento si raggelava davanti al libro aperto e la ripetizione non riusciva a diventare il talismano che mi liberasse dalla crudeltà delle parole. Tolta una pelle, sotto non trovavo né commiserazione né misericordia ma sempre la stessa empia, inesorabile logica. E con lo sguardo fisso su Anne Marie aspettavo un cenno, una parola, non sapevo neanche io cosa.

Si era mai accorta di niente? Sacerdote tediato dalla ripetizione dei gesti lei si appoggiava contro la panchina e tra le stecche verdi la sua schiena sfuggiva con tutta la forza della carne; niente avvertiva che fosse consapevole di quanto portava nei tratti del corpo, nel viso levato verso il sole. Vuoi che leggiamo ancora? mi chiedeva aspettando solo che le ridessi il libro per cominciare la storia del leprotto con gli occhiali, e il respiro soddisfatto dell'aria primaverile, degli alberi e della bella giornata, poco si curava di me o di Paulinchen. In quel momento mentre tentavo uno stolto sorriso di superbia, io mi odiavo per la sua indifferenza.

Avevo lasciato scivolare il libro in terra, il pallone volteggiava e ne sentivo la leggera pressione sullo spago che me lo legava al polso. Il venditore si era allontanato ma altri palloni, di altri bambini, coloravano il piazzale. Sorda alla sua voce che mi ingiungeva di raccogliere il libro, avevo allora tracciato in terra con la punta della scarpa una linea di demarcazione quasi la mia immagine insulsa, così come Anne Marie me la restituiva, fosse visibile a tutti. E senza muovermi avevo aspettato che fosse lei, staccando la schiena dalla panchina, a chinarsi per raccoglierlo. Rassegnata Anne Marie, tanto ormai era finita.

Gioia effimera rapidamente consumata e mai abbastanza goduta, il mattino dopo il pallone era una floscia vescica di gomma penzolante giù dalle bacchette di ottone del letto, appena mossa da inavvertibili spifferi. Gli davo qualche rapido colpo e il pallone volteggiava un istante per poi ricadere giù inerte. Ci alitavo sopra nella speranza di resuscitare la sua anima defunta, i piedi nudi e le strisce di sole che premevano fra gli scuri. Poi Anne Marie spalancava la finestra dando il via a una rivoluzione dirompente di luce che travolgeva il mio povero pallone sollevato in un ultimo sussulto. In piedi sul letto, mentre mi vestiva, vedevo nella casa di fronte altre persiane scorrere con fragore per altri bambini che si preparavano ad andare a scuola. Alla fine Anne Marie mi pettinava con brevi, laceranti pause là dove il pettine si scontrava con i nodi dei capelli.

Il caffellatte incalzava, smorta superficie increspata da un velo di panna che spingevo via, soffiando, verso i margini della tazza. Già Francesco aspettava con il mio cestino della merenda in mano e Anne Marie mi ficcava in tasca il fazzoletto pulito; e contro ogni regola mi dava un rapido bacio mattutino. Congiunta per un attimo alle sue labbra la ricambiavo con effusione in un'apoteosi di sole sui letti sfatti.

Ma avevo appena varcato la soglia che la vedevo: grande, rettangolare, di fibra marrone. Era legata con una corda e si appiattiva contro la parete del corridoio simile a un animale braccato che non avendo più scampo cerchi di mimetizzarsi nell'ombra. Solo le cerniere la tradivano, luccicanti occhi di latta. Mi ero girata: Anne Marie china a disfare il letto canticchiava mentre le braccia chiare e robuste tiravano via con forza le lenzuola dal materasso. Ma a ogni movimento l'azzurro lavanda del suo vestito di lanetta tralimava dall'orlo del grembiule. Così le sue scarpe di capretto, adesso le vedevo bene mentre si spostava da una sponda all'altra del letto.

Mi ero buttata in terra urlando dal mal di pancia. Mi contorcevo e scalciavo, i capelli sfuggiti alla molletta mi invadevano il viso, li sentivo con la saliva nella bocca. Dalle correnti gelate del salotto arrivava trafelata Italia e la sua pelle smorta, ancora più smorta, rendeva drammatico il suo spavento. La mamma tirata giù dal letto chinava su di me il viso segnato come un sigillo dagli strani geroglifici del cuscino. Letizia, Francesco. Anne Marie non si avvicinava, tra lei e me il dialogo divampava a scatti oltre le teste che ci dividevano: mi ordinava di alzarmi, di smetterla di fare la commedia, che se veramente mi sentivo male andassi in bagno e tutto sarebbe passato. Avevo preso a calci la valigia, rintronava sorda, era piena. «Non posso andare a scuola» avevo gridato con tutto il fiato che mi restava «mi sento male, tanto male...» e mentre la parola scuola provocava un raffreddamento nella sollecitudine generale, mi tiravo su per vederla meglio: in piedi, con le lenzuola ancora fra le braccia, dal grembiule sbottonato il suo vestito di lanetta debordava ormai senza più pudore. Era come se la vedessi già pronta, il berretto a crochet e la valigia in mano.

Mi ero lasciata ricadere giù, gli occhi chiusi. «Basta!» aveva detto decisa. «Sie hat nichts! Non ha niente!» Le avevano fatto largo: ero stesa, sudata, i capelli in bocca. «Stehe auf», mi aveva ordinato. «Auf!» e la voce scesa di tono, rauca, si tramutava nel tonfo delle teste mozzate nel canterano, nell'urlo rimasto in gola a Paulinchen. Non mi ero mossa: mi sovrastava immensa intercettando la luce radiosa della giornata e ogni espressione sembrava perduta nel suo viso, metà donna e metà animale. Non fatemela vedere mai più. Ma già i suoi lineamenti si annebbiavano in un rossore che l'assaliva a chiazze, invadeva come una lebbra la vastità del suo viso.

Mi aveva poi tirata su Francesco cercando di ricomporre la mia divisa spiegazzata: «Dài, ch'avemo fatto tardi, poi le moniche strillano...».

Nota

Questo libro è nato diverso tempo fa ma solo adesso ha trovato il suo disegno definitivo. Sono sparite le zone d'ombra e si sono sciolti i nodi della prima stesura lasciando la storia più libera di raccontarsi; così almeno mi sembra.

Quando uscì la prima volta attraversavo un periodo molto difficile e ho assistito impotente alla sua breve e fragile vita. Ma quando mi chiedevano quale era il romanzo al quale ero più legata, era sempre il primo a venirmi in mente. Sapevo che un giorno sarei tornata a cercarlo. Non sapevo quando, non come, sapevo solo che i conti erano rimasti in sospeso e avrei tentato di riscattarlo dal limbo dei morti senza battesimo.

È stato scritto tutto d'un fiato, in un'estate al mare. Ad alcuni frammenti strettamente autobiografici si mescolano episodi e voci inventate, memoria e fantasia hanno galoppato insieme per raccontare la breve storia di una passione infelice. Di un amore impossibile di cui restavano solo alcune tracce: una valigia, il cigolio di un letto dalle sbarre di ottone, una tazzina di celluloide. Reperti infinitesimali da cui sono partita con l'infaticabile e bugiarda mania dei cultori di *fiction*.

Gli anni che sono seguiti a quell'estate hanno poi finito per rendere il suo disegno più chiaro. Le emozioni e il disordine dei sentimenti si sono decantati rendendo più precisi i contorni che delimitano il piccolo universo passionale di una bambina, nella seconda metà degli anni Trenta.

Sono io quella bambina? Sì, ma anche no, perché è una creatura nata da un impasto come tutti i protagonisti dei romanzi.

E questo l'ho anche saccheggiato, quando ho voluto scrivere *La parola ebreo*, perché mi servivano alcuni frammenti autobiografici, così glieli ho sottratti senza tanti scrupoli. Anche se forse questo libro dà, di quella bambina nella stanza dalle seggioline azzurre, una dimensione in più, vagamente fantastica: un doppio, una gemella, guardata attraverso un gioco di specchi.

Mi appartengono nel profondo la storia della valigia di fibra nel corridoio e quella di Paulinchen; ma appartengono a due momenti diversi della mia infanzia.

Questo libro si situa così fra due zone doppiamente distanti nel tempo. Una fra i due avvenimenti chiave all'interno della storia, l'altra fra le due stesure. Perché se la prima edizione della *Porta dell'acqua* risale al 1976, il libro era già pronto quando ancora non ero riuscita a pubblicare nulla, in una fede cieca nel mio futuro di scrittrice. In un tempo in cui ancora non ero consapevole dei colori lividi che dividono la felicità dall'infelicità, quando non mi chiedevo mai se fossi felice o meno perché probabilmente lo ero, di quella felicità di latta che si accompagna all'ottimismo e alla gioventù e circoscrive l'infelicità alla tristezza o al pianto di una giornata. Anche se quella bambina, e l'adulta che la raccontava come in trance, avvertiva quei contorni sospesi sopra di lei simili all'impronta nera dei corvi sulle giornate che prefiguravano il suo abbandono. Separa dunque i due tempi di questo libro un oceano di vita e un terremoto di sentimenti.

Restano intatti i due pilastri portanti: la valigia di fibra nel corridoio e l'atroce sorte di Paulinchen.

Ma appartengono a due momenti diversi della mia infanzia. Anne Marie, che mi lesse la prima volta la storia di Paulinchen e mi raccontava le favole di Grimm, è arrivata *dopo*, insieme alla lingua tedesca. Quando lo strappo era già avvenuto.

La ragazza che se ne andava con la valigia di fibra era di Livorno e quel poco di toscano che è rimasto nel mio modo di parlare e di scrivere viene probabilmente da lei. È stata "mia" fino a quando non ho avuto quattro anni e mezzo. Lo so con certezza perché a quell'età sono stata molto malata, sono stata per morire, e lei non c'era già più. Con lei dormivo, uscivo, giocavo, prendevo il caffè a letto al mattino, vero il suo, di orzo il mio. Me lo versava in una tazzina di celluloide verde pisello con il piattino incorporato mentre le sedevo accanto nel tepore delle coperte. Una tazzina che mi aveva comprato apposta. Così come le sorprese che mi metteva sotto il cuscino quando rientrava dai suoi pomeriggi di libertà, perché toccandole nel sonno avessi la certezza del suo ritorno.

Non ho mai saputo la ragione per cui se ne è andata. Se qualcuno l'ha mandata via o è stato per sua scelta. Per anni non ho mai fatto domande, dopo è stato troppo tardi, nessuno ricordava o desiderava farlo. Io ricordo solo la valigia e la disperazione. Alcuni anni dopo, era estate e c'era già la guerra, mentre il nostro treno era fermo a Livorno, è salita per salutarmi. È Gina, ha detto la mamma. Ma la donna che avevo davanti, magra e dal viso segnato, era una sconosciuta, una perfetta estranea. Ho cercato di fare un sorriso di circostanza: il mio cuore era di ghiaccio.

dicembre 1999

INDICE

La porta dell'acqua
1   9
2   43
3   63
4   71
5   87

Nota   101

BUR
Periodico settimanale: 23 maggio 2001
Direttore responsabile: Evaldo Violo
Registr. Trib. di Milano n. 68 del 1°-3-74
Spedizione in abbonamento postale TR edit.
Aut. N. 51804 del 30-7-46 della Direzione PP.TT. di Milano
Finito di stampare nel maggio 2001 presso
lo stabilimento Grafica Pioltello s.r.l.
Seggiano di Pioltello (MI)
Printed in Italy

L 63893551

LA PORTA
DELL'ACQUA
1°ED.BUR SCALA
ROSETTA LOY

RIZZOLI
MILANO

ISBN 88-17-12618-7